KB165333

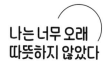

나는 너무 오래
따뜻하지 않았다

나는 너무 오래
따뜻하지 않았다

차현숙 에세이

나무를 심는 사람들

차례

2장 이상한 유전자

5장 소리에 놀라지 않는 사자와 같이

프롤로그

"토요일엔 뭐 할 거예요."

"자살이요."

"금요일 밤에 만날래요?"

—〈카사블랑카여, 다시 한 번〉에서

한강을 내려다보니 아름답다. 강은 깊은 숨을 내쉬며 불빛을 반사하고 있다. 불빛이 흐른다. 강변의 초고층 아파트에서 새어 나오는 불빛과 다리를 오가는 자동차의 불빛으로 더욱더 화려하다. 오늘은 유난히 더 그렇다. 올겨울 들어 가장 추운 날이라고 뉴스에서 말했다. 그래서인지 하늘의 별들도 총총히 빛난다. 나는 다리의 가로등을 바라보며 A를 기다린다.

나는 어제도 이 시각, 이곳에 있었다. 소주를 마시다 다리 난간에 오른쪽 발을 올리고는 강물의 불빛에 홀려 몸을 앞으로 기울이는데, 언제 나타났는지 A가 나를 지켜보며 서 있었다. 그는 내일 이 자리에서 이 시간에 만나자고 했다. 특별한 이야기를 주고받지는 않았다. 나는 A의 제안에 자살을 하루 미루었다.

가로등의 숫자를 세다 가방에서 소주병을 꺼내 기갈 들린 사람처럼 몸 안으로 들이붓는다.

'날 가지고 놀았군. 자살할 사람한테 사기를 치다니.'

괘씸해하면서도 나는 어제 처음 만난 사람을 기다린다. 말이 너무 하고 싶어서. 그는 남의 말을 잘 들어주는 귀와 마음, 그리고 유머 감각이 있는 사람 같았다. 우울증에 대해서도 잘 알 것 같은 느낌이다. 어제의 그라면 말이다.

만약 내게 내 말을 들어주고, 같이 밥을 먹고, 영화를 볼 친구가 한 명이라도 있다면 자살까지는 생각하지 않을 것 같다. 그럴 것 같다. 나에겐 단 한 명의 사람이라도 절실하게 필요하다.

나는 오랫동안 만성 우울증을 앓았고 재발이 잦았다. 요즘에는 특히 그 어느 때보다 지쳤다는 생각이 든다. 위안이 필요하지만 내게 그걸 줄 사람은 없다. 게다가 자주 자살 충동에 시달린다. 가족과 친구들에게 자살 충동에 대해 지나가듯 말했지만 누구도 진지하게 들어주지 않았다. 오늘 아침에는 귀고리, 반지, 팔찌 등을 하나하나 포장했다. 친구들에게 주려고.

요 몇 년간 친구들의 표정에는, 하지 않고 듣지 않았으나 한 것과 같고 들은 것과 같은 말들이 담겨 있었다.

'또 시작이야!'

'지겨워!'

'우울증이 뭐야? 우울하지 않은 사람도 있어? 정말 쟤 옆에 있으면 나도 우울해. 전염되는 것 같아!'

'맞아. 난 쟤 멀리할 거야. 너희들도 그렇게 해. 우리도 생활이 있는데 언제까지 한밤중이나 꼭두새벽에 전화를 받아야 하니? 했던 말 또 하고 또 하고……. 우리가 왜 휘둘리면서 살아야 해? 그리고 설마하니 죽겠어? 지난번에도 입원하고 좋아졌잖아.'

강물의 불빛은 화려하기만 한데, 나는 친구들이 표정으로 한 말을 또다시 환청으로 듣는다. 하지만 이제 그것도 끝이다. 나는 다리 난간에 한 발을 올린다. 난간은 생각보다 높지 않다.

"여보세요! 잠깐만요!"

다급한 목소리. 나는 난간에서 발을 내리고 달려오는 A를 쏘아본다. 그가 숨을 내쉴 때마다 하얀 입김이 뿜어져 나온다.

슬그머니 노여움이 가라앉으며 이왕 죽을 거 할 말이나 다 하고 죽자는 생각이 든다.

"당신도 그들하고 똑같아요. 그럴 줄 알았어요. 나한테 잘해주지 말아요. 친절은, 아니 동정은 사양이에요."

"그들이라니요?"

A가 묻는다. 그들을 어떻게 설명할 수 있을까. 생각하는 것만으로도 자존감이 한없이 아래로 떨어지고 마지막 자존심마저 짓밟히는 것 같다. 하지만 나는 말한다. 말이 하고 싶다. 죽기 전에 실컷 말하고 싶다. 내가 겪는 고통에 대해.

나를 왕따 시킨 사람들, 그들에게서 받은 상처, 내 옆에서 하나둘 떠나간 사람들, 우울증을 앓는 사람은 다른 사람의 기분도 우울하게 만든다며 나를 피하던 사람들…….

내가 하는 말을 A는 진지하게 듣는다. 간간이 공감의 뜻으로 고개를 끄덕이기도 한다. 그에 용기를 얻은 나는 외친다.

"나는 혼자예요! 외로워요! 너무나 외롭다고요! 다들 저희끼리만 어울려요. 전화하는 것도 두려워요. 전화하는 것이 무서워요. 휴대폰을 냉동실에 집어넣기도 해요. 목소리만으로도 나를 싫어한다는 걸 느낄 수 있어요. 그런 기분이 들 때마다 처마 밑에 서 있다 목덜미에 고드름 녹은 물을 맞았을 때처럼 선득해져요. 왜 살아야 하는지 모르겠어요. 나의 자존심은,

자존감은 다 어디로 사라진 거죠? 친구 하나 없이 산다는 게, 고립된다는 게 어떤 건지 알아요? 정말 엿같은 기분이에요."

"그들은 당신이 아니라 당신의 우울증 때문에 떠난 겁니다. 그들이 싫어하는 건 당신이 아니라 당신의 우울증입니다."

그가 확신에 차 말하고, 나는 가만히 듣는다. 그의 말을 다 믿는 건 아니지만 그래도 위안이 된다. 그는 한결 누그러진 나를 노란 불빛을 뿜어내는 'SOS 생명의 전화' 앞으로 데려간다. 춥다. 이제야 추위를 느낀다.

나는 아무 말도 하지 않는다. 자동차 불빛이 꼬리를 물고 지나간다. 한겨울 밤이 깊어가고 있다.

"지금, 오늘, 이 순간, 당신을 구할 수 있는 사람은 당신과 나뿐이에요."

그렇게 말하며 그가 걱정 말라는 듯 온화한 얼굴로 미소 짓는다. 그의 미소는 전염성이 있다. 우울증처럼…….

나는 언제 웃었는지 기억이 나지 않는다. 그에 대해 알지도 못하면서 그가 하는 대로 가만히 있는 나 자신이 이해되지 않는다. 아마 너무 지쳐서인지도 모른다. 나는 지쳤다. 살아가는 것에 지쳤다.

112 경찰차가 사이렌 소리를 내며 달려오는 게 보인다. 그가 내 손을 꼭 잡는다. 손이 따뜻하다. 뿌리칠 수가 없다. 따듯

함……. 나는 너무 오랫동안 따뜻하지 않았다. 뿌리치는 손, 차가운 손과 어쩔 줄 몰라 하는 초초하고 불안한 눈들만 대했다. 나는 손을 잡힌 채 들릴 듯 말 듯 중얼거린다.

"사실은…… 꼭 자살하려 한 건 아니에요. 아니, 아무 의지가 없어요. 살 의지도, 죽을 의지도. 다만 이 지옥 같은 상태에서 벗어나고 싶을 뿐이에요. 그런데 뭘 어떻게 해야 할지 모르겠어요. 내게는 아무런 의지가 없어요. 그저 이젠 편안해지고 싶을 뿐이에요."

곧 112 경찰차가 도착한다. 그가 경찰에게 말한다.

"S병원 응급실이요."

나는 또다시 하루를 벌었다. 아니 자살할 하루를 잃었다.

1장

우울을 안고 산다

내가 가장 두려운 것

거칠게 문이 열리는 소리가 들린다. 아들이다. 영어 과외를 끝내고 왔나 보다. 남편은 공황장애, 나는 우울증을 앓고 있어 아들이 과외로 생활비를 벌어 온다.

"나는 걱정이 태산인데 엄마 아빠는 잠이 와? 아빠 때문에 내 인생은 끝이야!"

아들이 소리친다. 그때 문득 기억 하나가 떠오른다.

내가 중학교 1학년 때였다. 겨울이고 새벽 한 시가 넘은 시각, 엄마가 부엌에서 솜이 든 겨울옷을 빨고 있었다. 엄마를 지켜보던 나는 울음을 삼키며 말했다.

"이렇게 키우려고 날 낳은 거야?"

나는 지독히도 가난한 채소 장수의 딸로 태어났다. 가난은 나를 내성적이고 우울한 성격으로 만들었다. 시장에서 불이 켜진 곳은 우리 가게뿐이었다. 엄마가 빨래하던 손을 멈추고는 나를 빤히 쳐다보았다. 엄마의 눈에서 굵은 눈물방울이, 크고 깊은 눈물방울이 빨랫감 위로 뚝뚝 떨어졌다. 나는 애써 엄마의 눈물을 외면하며 고등학교는 꼭 갈 거야, 라고 속으로 중얼거렸다.

그때 내가 한 말을 후회한다. 엄마가 돌아가시고 나서 후회는 더욱 깊어졌다. 아마 죽을 때까지 후회할 것이다. 나는 아들에게 말한다. 내가 아니라 아들을 위해.

"그러다 아빠가 나쁜 마음 먹으면 어떡하려고 그러니? 평생 후회하며 살 거야. 이제 포기하고 현실을 받아들여."

아들은 미국에서 8년을 공부하다 아빠의 사업이 망해 중도에 그만두고 집으로 돌아왔다. 이후 영어 과외로 남편과 나를 먹여 살린다.

무언가 부서지는 소리가 들린다. 남편은 일어나려는 내 손목을 잡는다.

"가만있어. 저도 살려고 저러는 거니까."

남편은 퇴사를 하고 사업을 시작했다. 그런데 동업자가 사기꾼이었다. 알뜰하게 우리의 전 재산을 빨아먹고, 그것도 모자라 은행에 빚을 잔뜩 지게 만들었다. 사기꾼은 해외로 도망쳤다. 남편만이 아니라 그 사람에게 사기당한 이가 열다섯 명도 넘는다고 했다.

남편은 지금 6개월째 공황장애를 앓고 있다. 다른 사람들처럼 사기꾼에게 속아 퇴직금마저 주식으로 다 날렸다. 집도 경매로 넘어가고 그것도 부족해 은행 빚이 수억에 이른다. 매달 이자만 760만 원씩 8년을 갚아야 한다.

남편은 불면으로 잠을 이루지 못했다. 그나마 정신과 치료를 받고 약을 먹으며 간신히 잠을 잔다. 아들에게도 정신건강의학과에 가보자고 이야기를 꺼냈지만 아들은 펄쩍 뛰면서 거부했다.

의사에게 아들의 상태를 말하니 스트레스가 많아서 그런 거라며 상담치료를 받으면 어떻겠냐고 했다. 집에 돌아와 아들에게 조심스럽게 말하자 아들의 입에선 욕이 터져 나왔다.

"나 정신 멀쩡해! 미친 건 아빠잖아! 어떻게 그런 사기꾼한 테 속을 수가 있어."

그 여자의 말이 잊히지 않는다. 그 여자의 말 때문에 우리 집에 재앙이 온 것만 같다.

─유학 가서 성공한 아이는 없어!

어제도 나는 양주 두 병과 화가 친구의 그림 한 점을 들고 정신건강의학과에 가 의사에게 아들을 맡아달라고 부탁했다.

19

내가 가진 게 그것뿐이었다.

"아들의 지금 상태는 어때요?"

"공격적이에요. 조금만 신경에 거슬려도 고슴도치처럼 가시를 쫙 뻗치고 덤벼들어요."

"남편은요?"

"불안해요. 집이 경매로 넘어가고 수억의 빚까지 있어요."

"본인은 어때요?"

"우울증이 재발해서 너무 힘들어요. 약이 더 필요해요. 죽고 싶은 충동으로 괴로워요. 한 달만 입원하고 싶은데 돈도 없고, 남편도 아이도 저러니……."

"자살 충동이 심한가요?"

"네."

다음 날 아침, 수면제가 듣지 않아 밤을 꼬박 새우고 일어나 거실로 나간다. 나는 한숨을 내쉰 뒤 아들의 술국을 끓인다.

아침상을 차려놓고 빈속에 우울증 약을 먹는다. 머리가 어지럽다. 비틀거리며 침대로 걸어가서 눕는다. 나는 간절한 마음으로 하느님께 빈다. 혹시라도 나의 우울증 유전자가 아들에게 대물림되지 않기만을 기도한다.

하루의 시작

나의 하루는 이렇게 시작된다. 눈이 반짝 떠지고, 곧 가슴이 두근거리고 벌렁거린다. 우울증을 중증으로 앓고 있는 사람이라면 '눈이 반짝 떠진다'는 게 어떤 건지 알 것이다. 하지만 그 상태를 건강한 사람들에게 말하면 공감을 얻지 못한다. 심지어 이런 말까지 들었다.

"좋겠다. 그 시간에 일어나 책도 읽고, 글도 쓸 수 있고……."

그 고통, 고통! 목이 졸린 듯 숨을 쉴 수가 없다. 심한 사람은 증상이 오전에 온다. 심하지 않은 사람은 오후에 온다. 나는 새벽 다섯 시에 온다. 악마의 발톱이 새벽 다섯 시면 내 정신과 육체를 한순간에 낚아챈다.

나처럼 일찍 깨는 사람은 딱 한 시간만 더 자고 싶어 한다.

꼬박 밤을 새운 듯 피로가 몰려온다. 자면서 에너지를 보충한 게 아니라 오히려 더 소진한 듯하다. 견딜 수가 없다. 딱 한 시간만 자자, 그러고 나서 말간 정신을 되찾자 생각하며 또 약을 먹는다. 자기 전에 이미 약을 한 봉지 더 먹었다. 점점 복용량이 많아진다. 요즘 나는 한 달 치 약을 보름 만에 다 먹어버린다. 약 기운 때문에 종일 멍하니 앉아 있거나 누워 있다.

다행히 잠깐이라도 잠이 들었다가 눈을 뜨면 지금 여기가 어딘지 알 수 없다. 내가 누군지도 명료하지 않다. 절망이 찾아온다. 마지막 힘까지 쥐어짜 내가 누군지, 뭘 하는 사람인지 알기 위해 안개 낀 머릿속을 헤집는다.

대부분의 우울증 환자는 다른 사람과 소통하지 못한다. 그들의 잘못도, 성격 때문도 아니다. 원인은 기분장애에 있다. 그게 우울증이라는 병의 증상이다. 의사 외에는 대체로 우울증 환자에게 공감하지 못한다. 나는 어느덧 의사를 제외하고는 그 누구에게도 나의 천형 같은 우울증을 말하지 않게 됐다. 말해봤자 이해받지 못하고 이상한 사람 취급이나 당하기 일쑤다.

우울증 상태에서는 머릿속이 몽롱한 것과 반대로 다른 감각은 점점 더 예민해진다. 특히 소리를 견딜 수 없다. 빛은 더 견딜 수 없다.

나의 우울증은 스물셋에 발병해 7년 뒤인 서른에 재발했다. 그때 이후로 지금까지 정신과 약을 먹는다. 35년 동안 우울증을 앓았고, 특별한 일이 없는 한 평생 항우울증 약을 먹어야 한다. 자살 충동을 이기지 못해 세 번 자살을 시도했고, 일산 백병원 정신병동에만 여덟 번 입원했다. 세 번째부터는 살기 위한 입원이었다. 병원에서 주는 밥 먹고, 약 먹고, 음악 치료를 하거나 미술 치료를 하며 우울증을 극복한다. 한시적이지만……

나에게는 현재가 없다

　나는 주로 소파에서 자고 소파에서 깨어난다. 눈을 뜨면 또 하루를 어떻게 살아야 할지 공포가 쓰나미처럼 몰려와 내 정신과 몸을 덮친다. 불안해서 견딜 수가 없다. 다시 약에 손을 댄다. 잠은 내 유일한 행복이다. 물론 깨어나면 지옥이 따로 없지만. 시도 때도 없이 자다 보니 초저녁인지 새벽인지 알 수가 없다. 며칠이 지났는지도 모른다.

　나는 과거를 저주하고, 과거에서 온 현재를 소모하고, 미래에 대한 불안으로 숨이 막힌다. 나는 과거도 미래도 없는, 오직 현재를 살고 싶을 뿐이다.

　야누스는 두 얼굴을 가진 로마의 수문장 신이다. 한쪽 얼굴은 울고 있고 다른 쪽 얼굴은 웃고 있다. 나에게 야누스는 과거를 드러내는 얼굴인 동시에 미래를 보여주는 얼굴이다. 과거를 생각하면 죄의식과 자책감이 밀려온다. 나 자신이 쓰레기인 것만 같다. 미래를 상상하면 불안하고 우울하다.

나에게는 현재가 없다. 우울한 과거와 불안한 미래만 있을 뿐. 과거가 없으면 현재도 없고 미래 역시 없다.

우리는 흘러간 자신의 과거에 대해 관대할 필요가 있다. 그래야만 아침을 맞이하고 현재를 살 수 있다. 또 그래야만 미래에 대한 불안한 생각도 자리 잡지 못한다. 나는 오래전부터 우울증에 발목이 잡혀 삶을 제대로 살지 못하고 있다. 슬프다.

이건 사는 게 아니야

우울증 상태에 있을 땐 믿기지 않을 정도로 아무것도 할 수 없다. 이를 닦고 싶고, 샤워까지는 아니더라도 머리 정도는 감고 싶은데 아무것도, 정말 아무것도 할 수가 없다. 비참하기 이를 데 없다. 이럴 때 나는 가장 나쁜 생각의 늪으로 빠져든다.

'이건 사는 게 아니야. 내 고통도 끝내고 식구나 지인들의 고통도 끝내자. 어떻게 해야 확실히 죽지? 이번엔 어떤 방법을 택해야 확실하게 죽을까…….'

아이가 아직 어렸을 때 남편이 내 손을 잡고 절절하게 말했다.

"넌 엄마야. 죽을 자격이 없어."

"제발, 나 좀 그냥 내버려둬!"

과거 우울증은 우리나라 사람들의 사망 원인 순위에서 암, 심장 질환, 뇌혈관 질환 다음이었지만 2020년에는 그 병들을 다 제치고 1위를 차지할 것으로 예측한 연구도 있었다. 물론 빗나가긴 했지만.

마더 테레사의 글이 생각난다. 살아 있는 몸이 구더기로 덮인 사람을 돌본 이야기였다. 그녀와 수녀 몇이 그 사람의 살과 뼈에 붙은 구더기를 며칠 동안 떼어냈는데, 너무나 끔찍하고 힘이 들었다고. 그 글을 읽으며 우울증 환자의 고통을 생각했다. 물론 육체적인 건 아니지만 우울증 환자의 마음에도 온갖 구더기가 들끓고 있다.

가을비가 왔나 보다. 곧 겨울이 올 것이다. 계절은 우리를 배반하지 않는다. 나는 죽기 전에 사계절의 기쁨과 슬픔을 담은 소설을 쓰고 싶다. 마지막 유작으로.

TV를 켜니 마포대교가 나온다. 그러자 딸려 나오는 기억들.

'밥은 먹었어?'

'바람 참 좋다.'

'암것도 아니야!'

'당신의 얘기 한번 해봐요. 당신은 혼자가 아닙니다.'

자살방지 문구가 걸려 있는 마포대교를 걸었다. 울었으면 좋겠다고 생각하며 하염없이 걸었다. 강물을 보았다. 아주 깊고 어두웠다. 노란빛이 나는 'SOS 생명의 전화' 앞에서 오랫동안 망설였다. 한강의 다리에는 '생명의 전화'가 있었다. 전화를 하면 금방 112 경찰차가 달려왔다.

아이 얼굴이 떠오르는 순간, 나는 수화기를 들었다. 경찰차를 타고 집으로 왔다. 자는 아이를 꼭 안았다.

"미안해. 미안해, 엄마가 나쁜 병이 있어서……."

눈물방울이 자는 아이의 발간 볼에 떨어졌다.

제발 나 좀 내버려둬

자살 충동으로 남편을 깨워 병원 응급실에 간 적이 세 번 있다. 입원을 하고 한 달간 집중적인 치료를 받았다. 음악 치료와 미술 치료였다. 약도 다른 종류로 바뀌었다.

아우슈비츠 강제수용소에서 살아남은 지식인들이 잇따라 투신자살해 세계를 충격에 빠뜨린 일이 떠오른다. 아우슈비츠에서 살아 돌아올 정도로 강한 정신력을 가진 사람들이었다. 나는 그곳에서 겪은 일이 이들에게 남겼을 트라우마에 대해 생각한다.

우울증은 정말이지 모든 의지력을 상실하게 만든다. 정신력 또한 무너뜨린다. 우울증을 앓는 사람에게 정신을 차리라거나 의지를 가지라고 말하는 건 어쩌면 죽으라는 뜻으로 들릴 수도 있다. 그런 말들은 자존감을 떨어뜨리고 자책감을 갖게 한다.

우울증에 걸리면 먼저 빛과 소리를 차단한다. 두꺼운 커튼을 치고, 그것도 모자라 겨울 이불을 꺼내 그 속으로 들어가 고통으로 몸부림친다. 그리고 입을 굳게 다문다. 당사자뿐 아니라 가족이나 친구들도 괴롭기는 마찬가지다. 어떻게 도와야 할지 모르기 때문이다.

우울증을 앓는 사람의 공통된 말은 '제발 나 좀 내버려둬!'이다. 그런 뒤엔 자신의 의지가 약한 것을 자책한다. 병원에 대한 불신과 약에 대한 두려움을 갖기도 한다.

나는 30년 넘게 정신과 약을 먹었다.

데파킨(Depakine, 500mg) 1알

카세핀(Cacepin, 300mg) 1알

리보트릴(Rivotril, 0.5mg) 1알

아티반(Ativan, 1mg) 1알

카세핀(Cacepin, 200mg) 1알

엽산(Folic acid, 1mg) 1알

아빌리파이(Abilify, 2mg) 1알

부스파(BuSpar, 10mg) 1알

알프람(Alpram, 0.25mg) 1알

열 개에 가까운 항우울증 약과 항불안제와 수면제를 먹는다. 매일. 의사가 묻는다.

"배부르지 않아요?"

자기가 처방해놓고는…….

돈에 홀리다

남편이었던 사람, 전남편을 생각한다. 그는 13년 전에 신문사를 그만두었다.

"나는 더 이상은 반사체가 되고 싶지 않아. 발광체가 되고 싶어."

당시 나는 남편이 기자였으므로 세상 물정을 누구보다 잘 알리라 생각했다. 남편의 선택을 믿었다. 그런데…… 그런데 사기꾼을 만나 전 재산을 날렸다. 알고 보니 집만 잡힌 게 아니라 내 이름으로도 여기저기서 대출을 받았다. 나 모르게 시어머니에게 1억 7천을, 형제들에게도 사업 자금 명목으로 몇천만 원씩을 빌렸다. 친구들도 예외는 아니었다. 남편은 사기꾼과 동업 관계로 사업을 해 전 재산을 날린 뒤에도 정신을 못

차리고 계속해서 다른 사람들과 사업을 벌였다.

들떠 있었다. 남편은 마치 과대망상증 환자나 조증 환자처럼 자신을 과신했고 지나치게 낙관했다. 몇 달 후면 20억이 들어올 거다, 어떤 날은 곧 30억이 들어와, 라고 말하며 잠이 들기도 했다.

내가 알던 사람이 아니었다. 돈 귀신에 씐 듯했다. 나는 어지러웠다. 급변하는 상황에 어지러워서 정신을 차릴 수가 없었다. 아들은 채 공부를 마치지 못하고 미국에서 돌아왔다. 남편과 아들은 매일 아침저녁으로 싸웠다. 갑작스러운 가난은 비참했다. 나는 부처의 말을 인용하며 남편을 말렸다.

"첫 번째 화살은 맞아도 두 번째 화살은 맞지 말라고 했어. 사업할 생각은 접고 그냥 기자 경력으로 취직을 해. 부탁이야. 아무나 사업하는 거 아니야. 제발 여기서 그만둬."

"투자한 돈이 아까워서라도 절대 그만둘 수 없어!"

남편은 집착을 버리지 못했다. 조금만, 조금만 더 투자하면 그동안 날린 돈까지 찾을 수 있다며 여기저기서 융통한 자금을 밀어 넣었다. 그러나 밑 빠진 독에 물 붓기였다. 결국 또다시 실패했다. 이제 그는 그 어디에서도, 단돈 10만 원도 빌릴 수 없는 처지가 되었다. 시댁과 친구들에게도 신용 불량자가 된 것은 물론이다. 13년…… 남편은 13년 동안 다섯 번이나 사업을 벌였고, 모두 실패했다. 남편이 사업에 실패할 때마다 나는 우울증이 재발했다.

남편은 신문사를 그만둘 때 퇴사 이유를 솔직하게 말하지 않았다. 그냥 과도 많고 실도 많다는 이유로 사장이 권고사직을 했고, 자신은 받아들였다고만 했다. 나는 좌천 대신 사직을 권한 회사에 분노했다. 그런데 작년에 남편의 후배 기자에게서 진실을 들었다. 광고국 국장으로 발령이 났는데 남편이 거절했단다.

남편의 네 번째 사업이 실패했을 때 나는 욥의 아내를 생각했다.

'하느님을 욕하고 죽어버려라!'

시어머니는 늘 말씀하셨다.

"하마가 물 먹지 돈 먹냐?"

의사의 충고

세상에 이혼 사유는 많다. 배우자의 불륜, 의처증, 의부증, 폭행, 성추행, 성격 차이…… 또 뭐가 있을까. 나의 이혼 사유는 정확히 돈, 그러니까 빚이었다.

이혼을 앞두고 대학병원으로 옮기기 전에 우울증을 치료했던 J정신건강의학과의원에 갔다. 그는 병원을 바꾼다고 하니 돈 안 받을 테니 가끔 오라고 했다. 나는 그 의사가 마음에 들었다. 그는 화초 키우기를 좋아해서 대기실엔 언제나 이름 모를 화초들이 화분 밖으로 푸른 이파리를 펼치고 있었다.

한번은 여섯 시 예약을 일곱 시로 착각해 여섯 시 이십 분쯤에 병원에 도착했다. 때마침 그는 커다란 화초가 심어진 화분을 이리저리 옮기며 자리를 잡아주고 있었다. 그와 눈이 마주

친 나는 얼른 시계를 보았고, 그제야 예약 시간을 착각했다는 걸 깨달았다. 민망해하며 뒤돌아 나가는데 그가 말했다. 공명하듯 울리는 목소리로.

"진료실로 오세요."

그는 줄곧 두 가지 이유로 내게 이혼을 권유했다. 하나는 사업으로 인해 늘어만 가는 빚, 다른 하나는…….

언젠가 나는 나와 잠자리를 하지 않는 남편에 대해 털어놓았는데, 그때 그는 여자로서의 대접을 해주지 않는 남편과 이혼하라고 충고했다. 당시 내 나이는 서른넷이었다. 남편은 나와의 잠자리를 피했고, 설상가상으로 언어폭력까지 가했다.

―그렇게 견디기 힘들면 나가서 풀어. 난 상관하지 않을 테니깐!

―알았어! 지금 나가 열 명의 남자와 자고 들어오지!

나는 코트를 걸치고 한밤중에 집을 나섰다. 만날 사람이 아무도 없었다. 밤새 걷다가 새벽에 집으로 돌아왔다. 그리고 쌀을 씻어 밥솥에 안쳤다.

의사에게 내가 물었다.

"이혼 후에는요? 전 만성 우울증 환자예요. 뭐라도 해서 먹고살아야 하는데, 제가 노동할 수 있을까요? 소설을 쓰는 건 돈이 안 돼요. 글쟁이들이 잘사는 거 보셨나요?"

그는 곰곰 생각하더니 집을 내 명의로 바꾸라고 했다.

"집을 당신 앞으로 등기 이전해요. 사업하는 사람들은 집을 아내 명의로 해놓기도 하니까. 그리고 동생한테 간 유산을 분할 신청해요. 사적으로 따져봤자 입만 아프고, 법적으로 해요."

남편은 절대 내 앞으로 등기 이전을 해주지 않을 터였다. 동생은……. 법정에서 남매가 싸우는 모습을 하늘에 계시는 부모님이 보면 통곡을 하시겠지. 서로 안 보고 살면 된다, 누가 먼저 죽든 장례식장에서도 안 보고 싶다 생각했다.

남동생은 아버지의 집을 증여로 받아놓고도 아니라고 거짓말했다. 등기 이전 문제도 남편과 왈가왈부할 필요가 없어졌다. 남편은 대출을 받기 위해 집을 은행에 이미 저당 잡혔고, 끝내 경매로 넘어가고 말았다. 그러고도 수억의 빚이 남았다. 그중의 많은 빚이 내 앞으로 되어 있다.

기초생활수급자가 되다

기초생활수급자가 되기 위해 현재 다니는 대학병원 의사에게 소견서를 받았다.

근로 능력 상실!

환경미화원도 도우미 일도 나는 할 수 없다. 먹고사는 걸 기초생활수급비로 해결해야 한다. 국가는 딱 먹고살 만큼만 준다.

한 달 전쯤이었다. 나는 충동적인 자살 욕구를 참지 못하고 결국 새벽 세 시에 선배 언니에게 전화를 하고 말았다.

"언니…… 더는 견디지 못하겠어."

선배 언니는 자살예방센터의 번호를 알려주며 전화를 하라고 했다. 나는 아무런 의지도 없었기에 하라는 대로 전화를 걸었다.

남자가 받았다. 나는 자살 충동으로 괴롭다고 호소했다. 그는 자살할 도구가 있느냐고 물었다. 나는 칼과 압박붕대가 소파에 있다고 답했다. 그는 그것을 치우라고 했고, 잠시 후 치웠냐고 물었을 때 나는 그렇다고 대답했다.

나는 하나부터 열까지 선배 언니와 자살예방센터의 얼굴도 이름도 모르는 남자가 시키는 대로 했다. 남자가 말했다.

"내일 사회복지사를 보낼게요. 그때까지 혼자 견디지 말고 전화할 사람이 있으면 하세요. 아침 아홉 시까지는 꼭 보낼 테니까 누구한테든 전화해서 통화를 하세요."

나는 그러겠다고 했다.

20분. 좀 더 이야기를 하자고 했지만 그는 내일까지 버티라고, 가까운 사람에게 연락을 하든지 아니면 119에 도움을 청하라고 말하고는 사무적으로 전화를 끊었다.

선배 언니에게서 전화가 왔다. 나는 남자의 말을 선배 언니에게 전했다. 언니는 길고 긴 한밤의 기도를 해주었고 간간이 성가도 불러주었다. 그리고 자신의 친구가 사회복지사로 있는데 자신이 아침 일찍 전화를 해서 그 친구를 보내겠다고 했다. 그 친구가 도착할 때까지 기도하고 성가를 불러주겠다면서.

"가방 있니? 꺼내서 미리 입원 준비를 해둬."

선배 언니가 말했다. 나는 초록색 여행 가방을 꺼냈다.

"네가 다니던 병원으로 입원시킬 거야. 그러니까 긴장하거나 걱정하지 마. 병원비도 걱정 마. 내가 줄 테니깐. 내 친구가 마침 너와 같은 시에 살고 있어. 아침에 차로 너를 데리러 갈 거야."

나는 미안한 마음에 이제 자라고 했다. 혼자 버틸 수 있다고 제법 씩씩한 목소리로 말했다.

한바탕의 난리가 한밤을 훑고 지나갔다. 다행히 아무런 일도 벌어지지 않았다. 나는 초록색 가방에다 입원해서 쓸 물건들을 넣었다. 그러는 동안에도 스마트폰을 손에 꽉 쥐고 있었다.

푸르스름한 새벽안개가 집 안으로 들이칠 무렵 현관 벨이 울렸다.

선배 언니의 친구는 선배 언니만큼이나 사람이 좋았다. 친절했고, 따뜻했다. 그녀는 내가 늘 입원하던 일산의 병원으로 나를 데리고 갔다. 응급실을 통해 진료실로, 진료실을 통해 보호병동으로 향할 때도 내 옆에 꼭 붙어 있었다.

무사히 입원은 했지만 새로운 걱정거리가 생각났다. 나는 이혼했고, 차도 없고, 직업도 없고, 재산이라곤 월세 보증금 천만 원밖에 없는 사람이었다. 병원비는 선배 언니가 준다고 했기 때문에 걱정을 덜었지만 앞으로 먹고살 일이 막막했다.

내가 걱정거리를 털어놓자 선배 언니의 친구가 언제 이혼을 했느냐고 물었다.

"2년 되었어요."

"그렇군요. 기초생활수급 대상인데 왜 진작 신청하지 않았어요?"

"기초…… 저는 당장 약값조차 없어요."

"걱정 말아요. 기초생활수급자로 지정되면 약값은 물론 병원비도 안 나와요. 그 외에도 혜택이 많아요. 주거비와 생활비가 나오고, 한 달에 한 번 10킬로그램의 쌀도 지급돼요."

나는 어안이 벙벙해서 아무 말도 하지 못했다. 그녀가 미소를 지으며 이어서 말했다.

"퇴원 후에 다 알려줄게요. 제출해야 할 서류도 많고요. 일단 아무 걱정 말고 푹 쉬어요."

그녀는 약속을 지켰다. 한 달간의 병동 생활 후 퇴원한 내가 기초생활수급자가 될 수 있도록 물심양면으로 도와주었다. 게다가 밥도 제대로 먹지 못할 만큼 허약해진 나를 위해 무료 한의원을 소개해주기까지 했다.

"내일 나랑 같이 가요. 약도 지어 먹고 필요하면 침도 맞고."

나는 그저 멍하니 앉아 있었다. 나 때문에 고생한 그녀와 선배 언니에게 너무 미안했다. 그리고 고마웠다. 그녀가 돌아간

뒤 나는 소파에 누웠다. 모처럼 몸도 마음도 편안해졌다. 얼마
나 갈지는 모르겠지만.

텃밭과 정원이 있는 아파트

　수지에서 김포로 이사하는 날이다. 이사를 할 때마다 점점 비참한 가난 속으로 걸어 들어간다. 가난만큼이나 이사 자체도 두렵다. 우울증 상태에서는 새로운 환경에 적응하려면 시간이 걸린다. 새로 이사한 집, 새로 찾아야 하는 은행, 마트, 주민 센터 등등……. 겨우 적응을 하면 다시 이사를 해야 한다. 집주인에겐 언제나 이런저런 사정이 있기 마련이고, 세입자인 나는 집주인의 요구를 거부할 수 없다.

　수지에서의 4년은 너무 힘들었다. 우울증이 자주 재발해 늘 가던 대학병원 정신병동에 두 번이나 입원을 했다. 기초생활 수급자로 지정되기 전에는 직접 병원비를 구해야 했다. 하지만 내게는 더 이상 돈을 꿔줄 사람이 없었다.

이사를 하면서 깨달은 건 물건을 사기는 쉬워도 버리기는 어렵다는 것이다. 갑자기 내가 예전엔 꽤 잘살았다는 생각이 든다. 그때는 잘산다는 생각을 하지 못했다. 당연했던 내 삶이 모두 거덜 나고 나서야 비로소 깨닫는다.

우리 집은 일산의 43평 아파트였다. 태어나 가장 많은 돈을 쓴 것이 그때였다. 침대를 사고, 소파를 사고, 드럼 세탁기와 문이 두 개인 냉장고도 샀다. 언니와 진실이가 준 옷들로 드레스 룸도 한껏 꾸몄다.

무엇보다 텃밭이 있었다. 1층 입주자는 13평의 텃밭을 옵션으로 받았다. 나는 일어나자마자 호미를 들고 텃밭으로 나갔다. 잡초를 뽑고, 잔돌들을 주워 한곳에 모으고, 땅을 골라 작은 이랑을 만들고…….

먼저 상추와 산딸기와 고추와 방울토마토를 심었다. 우측으로 꽤 넓은 곳에는 수선화의 구근을 심고, 양재동에서 사 온 라일락과 모란과 작약 그리고 넝쿨장미로 울타리를 만들었다. 울타리 바로 안쪽으로는 붉고, 희고, 노란 장미를 심어 정원을 만들었다. 조팝나무도 심었다.

물론 그때도 나는 항우울증 약을 먹었지만 소량에 불과했다. 우울증이 재발하지 않을 만큼이었다. 잠도 잘 잤다. 수면제 역시 소량만 먹었는데 낮에 텃밭에서 행복 물질인 세로토닌을 듬뿍 받아서인지 아홉 시만 되어도 기분 좋게 잠이 왔다. 몸을 고되게 하는 게 정신에 얼마나 좋은 약인지! 우울증같이 정신성 약물을 먹어야 하는 병은 더욱 그렇다. 텃밭 일 외에도 자주 호수공원으로 나가 햇빛을 쬐며 걸었다.

기분장애도 많이 나아졌다. 우울할 때면 텃밭이나 정원에 나가 상추를 따거나 작고 예쁜 꽃들을 보았다. 물론 며칠 그러다 다시 침대에서 일어나지 못하고 시든 꽃처럼 누워 있기도 했다. 그럴 때의 나는 빛이 싫어서 안방에 두꺼운 커튼을 치고 이삼일을 내리 잠만 잤다. 텃밭으로 나가기만 하면 우울한 기분을 조금이나마 줄일 수 있다는 걸 알지만, 베란다 문만 열면 되지만, 침대에서 일어나지 못하기 일쑤였다. 기분장애는 이렇듯 잘 생활하다가도 갑자기 모든 걸 망쳐놓는다. 하지만 이전보다는 확실히, 좋아졌다. 완치는 되지 않겠지만 극단적인 감정에 시달리지도 않을 것 같은 희망이 생겼다. 의사는 그렇게 살면 되는 거라고 용기를 주었다.

그러나…… 내가 가꾼 예쁜 텃밭과 정원…… 내 손때가 묻은 아파트……를 남편이 한순간에 날려버렸다. 내 희망도 날아갔다. 나는 이제 그 같은 집에서 다시는 살 수 없을 것이다. 월세를 내기에도 빠듯했다. 집 가까운 곳에 병원이 있어야 했으므로 시골로 내려갈 수도 없었다.

오늘은 수지에서 김포로 이사하는 날. 나는 노란 소파에 웅크리고 앉아 누군가를 기다린다. 이삿짐을 나를 사람들 그리고 전남편을.

노란 소파

노란 소파는 쿠션이 푹 꺼져 있다. 누워 있으면 허리가 아프다. 침대를 버릴 수밖에 없었던 것이 아쉽다. 202호. 방이 두개 있다. 서재로 사용하는 큰방에 소파를 놓았다.

19년 전, 쇼윈도에 진열된 노란 소파를 보고 나는 망설임 없이 가구점으로 들어가 그 자리에서 곧장 샀다. 3인용의 소파는 빈센트 반 고흐가 그린 노란 침대를 연상시켰다. 나는 여러 집을 거치며 다른 액자들은 다 남에게 주거나 버렸어도 고흐의 〈자화상〉만큼은 방에 걸어두었다.

어느 날 집에 온 언니가 노란 소파를 보더니 말했다.

"넌 질투가 많구나."

단정적인 목소리. 나는 순식간에 질투가 많은 사람이 되었다. 오히려 내게도 질투가 좀 있었으면 하고 살아왔는데. 나는 똑똑했지만 똑똑하게 살지 못했고, 영리했지만 영리하게 살지 못했다. 언니가 한마디 더 툭 던졌다.

"사는 게 재미없나 보다. 집이라도 대충 치우고 살지 않고……"

나는 집을 치우는 것보다 내 몸을 씻는 게 더 급했다. 하지만 할 수 없었다. 광견병에 걸린 사람이 물을 무서워하듯 나역시 물 가까이 갈 수가 없었다. 아무것도 할 수 없었다.

언니가 돌아간 뒤 나는 숨을 몰아쉬며 화가 친구에게 전화를 걸었다.

"노란색을 좋아하면 질투가 많은 거니?"

"누가 그런 말도 안 되는 소릴 해? 노란색은 아주 지적인 색이야."

친구는 인상파에서 시작해 후기인상파에 이르기까지 길고긴 강연을 했다. 그녀는 화가이자 대학 강사였다.

흩어진 가족

43평 아파트에서 18평 다세대주택으로 옮길 때 많은 것을 버렸다고 생각했다. '아름다운가게'에 옷과 CD, 그릇, 액자 등을 기부했다. 상당량의 책은 도서관에 기증했다. 김치냉장고, 에어컨 같은 가전제품들과 침대, 가구 등을 버렸다. 하지만 여전히 집 안 곳곳에 물건들이 쌓여 있었다. 전남편이 가지러 오겠다며 맡긴 옷과 책들 그리고 아들의 물건들까지.

수지의 18평 다세대주택에서 김포의 13평 다세대주택으로 이사하는 날에도 줄어든 평수만큼이나 많은 것을 버려야 했지만 나는 손가락 하나 까딱할 힘이 없었다. 심한 우울증으로 아무것도, 정말이지 아무것도 할 수 없었다. 어디에 무엇이 있는지 알 수 없는 단기 기억장애가 순간적으로 오기도 했다. 내 우울증은 섬망 증세를 보이는 특징이 있었다.

처음 이곳에 왔을 때 문을 여니 곰팡이 냄새와 먼지 냄새
가 났다. 그러나 전남편이 갖가지 살림살이를 어디다 놓았는
지는 생각나지 않았다. 전남편에 의하면 그때 나는 넋이 나가
있었단다. 전남편이 이삿짐센터 사람들에게 이런저런 지시
를 내리는 동안 나는 노란 소파에 앉아 사람들이 빨리 내 집에
서 나가기만을 기다렸다. 낯선 이들이 내 눈앞에서 왔다 갔다
하는 것이 불안했다. 사람멀미가 났다. 마침내 이사가 끝났다.
나는 계약한 대로 60만 원을 팀장에게 건넸다.

"좀 더 주셔야 합니다. 짐이 너무 많아요. 지고 나르느라 허리
병이 다 날 것 같아요. 옷도 많고, 책도 많고……."

팀장은 나와 전남편의 눈치를 보아가며 목장갑을 바지 뒷
주머니에서 꺼내 먼지를 탁탁 털었다.

"다 버리세요. 13평에서 이건 뭐…… 사람이 사는 게 아니
라 물건이 사는 거죠."

이마가 서늘해지면서 식은땀이 났다. 무슨 힘으로 이미 집
안으로 들인 물건을 또 들어내 버린단 말인가. 그럴 힘이 있었
으면 진작 버렸지.

지갑에서 10만 원을 더 꺼내 건네주었다. 나는 두 손으로 다

리를 감싸며 그 자리에 주저앉았다. 또다시 불안이 밀려왔다. 이삿짐이 들어올 때 항불안제인 자낙스를 한 알도 아니고 두 알이나 미리 먹어두었는데도 소용이 없었다. 팀장이 마지막으로 집 안을 힐끗 둘러보고는 밖으로 나갔다. 마치 게으른 여편네, 망할 놈의 집구석, 이라고 말하는 듯했다.

13평은 터무니없이 좁았다. 그래도 감사해야 한다고 생각했다. 방이 두 개나 되지 않는가. 반려견 두 마리의 위치를 잡아주었다. 아들이 언제든 올 수 있도록 작은방을 치워야 하는데, 생각만 할 뿐 움직이지는 않았다. 봄이 오면, 봄바람을 맞으며 전남편의 책을 다 버릴 것이다. 양복도 오래된 건 다 버릴 것이다. 역시 봄이 오면, 가구를 조금씩 다시 배치하고…… 그런 생각을 하자 기분이 약간 나아졌다. 그럼에도 여전히 이사한 집은 마음에 들지 않았다. 오래 감지 않아 더 이상 두피가 가렵지 않은 내 머리만큼이나.

이삿짐센터 사람들이 모두 나가자 전남편이 나라미 쌀 10킬로그램을 안고 나를 쳐다보았다. 눈이 붉어져 있었다. 그는 스트레스를 받으면 눈부터 붉어졌다.

"여기까지 오게 해서 미안해."

그는 정부에서 한 달에 한 번 배급하는 나라미 쌀을 부엌에 내려놓고는 마치 물속을 가르듯 조용히 현관문을 향해 걸어 갔다. 그러다 문득 나를 돌아보더니 말했다.

"무슨 일 있으면 전화해. 특히 아플 때는 꼭."

다른 건 몰라도 병원에 입원할 때는 보호자가 필요했다. 나에겐 친정이 없다. 부모님이 돌아가시자 아버지가 다른 언니들은 모두 발길을 끊었다. 남동생은 아버지의 유산을 독차지한 뒤 거짓말만 일삼았다. 시댁이라고 다를 건 없었다. 가장 말이 잘 통했던 막내시누는 남편을 내쫓았다며 나를 비난했다.

전남편이 대답을 기다리며 나를 바라보았지만 나는 아무 말도 하지 않았다. 이혼한 마당에 보호자가 되어달라고 할 수는 없지 않은가.

"무후야, 무공아. 네들이 제일 눈에 밟히겠다. 잘 먹고 싸우지 말아라. 아빠가 자주 올게, 형하고."

전남편이 현관문을 나섰다. 한 칸, 한 칸 계단 밟는 소리……. 언제였던가, 그는 한 달에 한 번 가족이 다 함께 모여 맛있는 음식을 먹고, 각자의 미래에 대해 이야기도 하자며 그게 자신의 꿈이라고 말했다. 한 달에 한 번…… 뿔뿔이 흩어진 가족…… 아들과 남편과 나…….

나는 허겁지겁 계단을 내려갔다. 갑작스러운 움직임에 심장이 마구 뛰었다. 그는 차 안에 앉아 담배를 피우고 있었다.

눈물이 났다. 거칠게 차창을 두드렸다. 그가 놀란 듯 얼른 담배를 비벼 끄고는 차창을 내렸다. 나는 지갑에 든 돈을 모두 꺼내 그에게 주었다.

"건강하게 살아내야 해. 안 그러면 내가 죽여버릴 거야."

그의 눈에서 눈물이 흘렀다.

"빨리 가! 빨리!"

차는 그의 집이고, 침대고, 부엌이었다. 서서히 차가 움직였다. 핸들을 돌려 방향을 틀고, 나와 눈이 마주치고, 이제 떠나는구나 싶은 순간, 그가 차창 밖으로 손을 내밀더니 내가 준 돈을 다시 내게 던지고는 골목을 빠져나갔다.

그는 떠났다. 그제야 나는 내가 맨발이라는 걸 알았다. 그가 던진 돈이 내 발 주위에 흩어져 있었다. 먹먹한 심정으로 그것을 주웠다. 모두 20만 원이었다. 나에게도, 그에게도 간절한 돈.

갑자기 가슴이 뛰고 하늘이 노래졌다. 사람들의 말소리가 들렸다.

"119를 불러야 하나?"

"아주머니, 일어나실 수 있어요?"

"119 불러드릴까요?"

눈을 떴다. 전남편이 떠난 자리에 내가 누워 있었다. 또 쓰러졌구나. 나는 손을 저으며 괜찮으니 집까지만 데려다 달라고 말했다. 두어 명이 나를 부축해 나의 새 보금자리, 끔찍한 나의 집으로 데려갔다. 나는 고맙다고 말한 뒤 문을 닫고는 노란 소파로 가 누웠다. 이사 후 나는 자주 쓰러졌다.

처음으로 쓰러진 건 한참 전이었다. 언니와 함께 터키, 이집트, 그리스로 여행을 갔을 때. 엄마가 돌아가신 지 얼마 안 되었을 때였다. 터키의 호텔방에 앉아 있는데 울컥 눈물이 나왔다. 화장실로 가서 언니 몰래 밤이 새도록 울었다. 내가 여행을 싫어한다는 걸 그때 알았다.

여행 일정 내내 내 마음은 내 동네, 내 집에 가 있었다. 그때 나는 우울증이 아니라 공황장애가 왔다. 가슴이 답답하고 숨이 막혔다. 가져간 자낙스도 떨어졌다. 나는 정신을 잃었고 그 후로는 호텔방 밖으로 나가지 않았다.

한국에 돌아와 MRA를 찍었다. 의사는 뇌가 많이 위축되었다고 했다. 노화현상이 빠르게 진행되고 있다고도 했다.

"치매가 오나요?"

"다른 사람들에 비해 올 가능성이 높죠."

"치매기가 보이면 말해주실래요?"

〈죽은 시인의 사회〉에 나온 배우 로빈 윌리엄스는 치매가 올 거라는 의사의 말을 듣고 자살했다. 인간답게, 품격 있는 인간으로 살다 가고 싶다고 했다. 나는 절망했다.

며칠 뒤 또 보도에서 쓰러졌는데 어떻게 쓰러졌는지 기억 나지 않았다. 웅성거리는 사람들의 말소리가 들리고, 119가 오고⋯⋯. 나는 응급실에서 진찰을 받았다. 쓰러진 것은 위축된 뇌 때문이었다. 하느님은 어쩌자고 나의 정신과 몸을 이렇게 망가뜨릴까.

이타적인 이기주의자

누가 나 대신 내 인생을 살아주었으면 좋겠다. 나는 점점 내가 싫어진다. 죽이고 싶도록.

"자신을 미워하지 마."

이런 말도 소용없다. 우울증 환자는 자신을 사랑할 수 없다. 그게 우울증이란 병의 증세다.

수시로 119에 연락했다.

"저어, 손을 잡아주세요. 아무 이야기나 해주세요."

"가만히 눈을 감고 계세요."

스피노자는 사람의 본질을 둘로 나누어 인간관을 세웠다. 인간은 이기적인 동물이다. 또한 인간은 이타적인 이기주의자다. 이타적인 이기적 동물로서의 인간관은 마음에 든다. 누군가를 도와주는 이타적인 이기적인 인간들이 많으면 세상이 더 좋아질 것 같다.

너무 자주 119를 부르는 게 창피해서 119를 불러놓고 문을 열어주지 않을 때도 많았다. 아니 문을 열 수가 없었다.

"어머니! 어머니! 문 여세요! 집에 있는 거 다 알아요!"

나는 소파 위에서 몸을 웅크리며 귀를 막았다.

여기서 더 나빠지지는 않겠지

나는 아프고 가난하다. 아들은 가족사진이 든 액자를 박살 냈다. 남편의 빚이 내게로 와 나는 오전 열 시부터 오후 네 시까지 빚 독촉에 시달려야 한다.

전남편이 된 그의 뒷모습 그림자가 유난히 길고 어둡다. 나는 그가 건강하게 잘 살았으면 싶다. 빚도 다 갚고 어느 정도 노년을 안정되게 살면 그때 남편, 아내로서가 아니라 35년을 함께한 친구로 같이 늙어가고 싶기도 하다. 재혼은 절대 하지 않을 것이다. 엄마는 재혼을 했다. 언니 둘은 이혼을 했고 셋째 언니는 두 번째 이혼을 했다.

코끝이 찡하다. 전남편에 대한 나쁜 기억이 이상하게 사라졌다. 불쌍하다는 생각만 든다. 거짓말처럼 좋은 기억, 좋은 추억만 떠오른다.

우리의 신혼집은 과천의 7.5평 아파트였다. 세탁기를 놓을 공간이 없었다. 공간이 있었다 해도 돈이 없어서 세탁기를 살 수 없었을 것이다. 화장실이 너무 작아 한 사람이 들어가면 꽉 찼다. 빨래를 하려면 빨래판을 놓고 화장실 문턱에 걸터앉아야 했다. 청바지를 빠는 데 한 시간 가까이 걸렸다.

김포로 이사하면서 나는 세탁기가 들어갈 화장실부터 찾았다. 그리고 신혼집을 생각했다. 당시 나는 행복하지도 불행하지도 않았다. 다만 우울하고, 고독했다. 남편은 매일 술을 마시고 새벽 두세 시에 왔다. 고래고래 소리를 지르며 택시에서 내리려 하지 않았다. 경비 아저씨가 겨우 남편을 집으로 데려왔다. 나는 택시 기사에게는 3만 원을, 경비 아저씨에게는 5천 원을 주었다. 그런 게 일상이었다.

13평이면 그때에 비해 얼마나 과분한가. 세탁기도 있지 않은가. 나는 이 집을 긍정적으로 생각하기로 한다. 여기서 더 가난해지지는 않겠지. 쪽방이나 고시원은 아니니까 얼마나 다행인가.

이상행동

수지에서 살 때는 늘 죽고 싶었다. 죽는다 해도 아무 여한이 없었다. 전남편이 무슨 일을 하는지는 몰랐지만 아들 말로는 잘 지낸다고 했다. 아들도 서른넷이니 엄마로서의 책임은 다 했다. 특별한 문학적 재능이 있는 것도 아니고, 작가로서 글을 더 쓰고 싶다는 열정도, 자아실현도 다 잊었다. 나는 수시로 죽고 싶었지만 아들과 전남편을 생각하며 살아야 한다고 이를 악물었다.

그러는 동안 나는 이상행동을 했다. 수시로 베란다에 나가 사람 하나 없는, 창백한 햇살만 가득한 단지를 향해 절박하게 외쳤다.

"도와주세요! 현관문을 열어주세요!"

누구라도 좋으니 말이 하고 싶었다. 다산 정약용은 초의선사와 차를 마시며 세상사에 대한 대화를 나누었다고 한다. 정약용 역시 몹시 외롭고 말벗이 필요했던 것 아닐까.

나는 말에 굶주렸다. 하지만 만나자는 전화를 할 수는 없었다. 거부당하는 기분은 꽤 오래 가슴앓이를 하게 하며, 때로 평생을 가기도 한다. 뿐만 아니라 관계를 망칠 수도 있다.

그럼에도 사람이 그리웠다. 정말 간절하게 무슨 말이든 하고 싶었다. 전화를 못 하니 더 그런 것 같았다. 그 욕망이 어찌나 간절했던지 어느 날 아침에는 계단 청소하는 아주머니에게 다가가 우리 집에서 차나 한잔하자고 청했다. 계단 청소는 나와 함께 하면 금방 끝날 거라고. 아주머니는 나를 이상하게 쳐다보더니 바쁘다는 핑계로 다른 곳으로 가버렸다.

때때로 수위실로 가 경비 아저씨와 이야기를 나누었다. 경비 아저씨에게 시간이 있고, 나를 상대해줄 마음이 있을 때. 자주 생기는 기회도 아니건만, 안타깝게도 이야기를 나누는 시간은 잠깐에 불과했다. 곧 불안이 나를 잠식해 들어왔다. 아저씨, 이따가 올게요, 말하고는 집으로 달려 올라갔다. 베란다로 나가 단지를 바라보았다. 그해 여름은 무척 더웠다. 단지에는 사람이 보이지 않았다. 여름은 점점 더 덥고 길어졌다. 내가 소리쳤다.

"도와주세요! 살려주세요!"

밖을 향해 소리치는 것 외에도 재떨이에 대한 강박증이 생겼다. 잠깐 반찬거리를 사러 나갈 수도 없었다. 내가 없는 사이 집이 불에 타버릴 것 같았다. 재떨이에 물을 붓기도 했지만 소용없었다. 나는 단지 내의 작은 공원으로 갔다. 민들레가 하얀 홀씨로 남는 계절까지 늘 산책 삼아 다니던 곳이었다. 심심할 때면 설익은 대추와 살구를 따 먹기도 했다.

그곳의 팔각정과 나무에서 멀찌감치 떨어진 곳에다 재떨이를 놓았다. 하지만 소용없었다. 집에 돌아오면 단지가 화염에 휩싸이는 환영에 시달렸다. 부리나케 공원으로 달려가 재떨이를 가지고 다시 집으로 돌아왔다. 나는 재떨이를 지키는 여자가 되어버렸다.

전남편에게 전화를 했다. 내 하소연을 들은 그가 말했다.

"불붙은 담배를 넣어도 재떨이에서는 불이 안 나. 내가 사준 그 재떨이는 도자기로 만들어졌잖아. 다른 것보다 훨씬 크고 깊어서 괜찮아. 기우야. 왜 하늘이 안 무너지겠냐? 절대 무너질 리가 없잖아. 재떨이에서도 절대 불이 날 리가 없어."

"잘 때도 재떨이에서 불이 나 타 죽는 꿈을 꿔."

"쓸데없는 소리 말고 누나가 준 김치로 밥이나 해서 먹어.

누나가 김치를 잘 담그니까 네 입맛에도 맞을 거야."

　지긋지긋하지만 공포증이 또 하나 있었다. 화장실이 무서웠다. 화장실에 갈 때면 반려견 무후나 무공이를 안고 들어갔다. 그리고 애국가를 불렀다.

혼자 견디는 것이 삶이다

나이가 들면 친구나 지인들이 멀어지고, 다시 만나지 않게 되는 경우가 흔하다. 이혼을 해서, 가난으로, 병으로, 상대적 빈곤감으로…….

정신과 의사 J에게 만나는 사람이 얼마나 되느냐고 물은 적이 있다. 그는 고개를 갸웃거리면서 점점 만나는 사람이 줄어든다고 대답했다. 인생이 그런 거 아니겠느냐고 말하며 나의 눈을 바라보았다. 그의 말이 맞는다고 생각했다.

우울증에 걸리면 신기하게도 주변 사람들이 하나둘씩 떠난다. 결국엔 아무도 남지 않는다. 전염병처럼. 그럴 만도 하다. 식구나 지인들에게 나 좀 어떻게 해줘, 하며 당장이라도 죽을 듯이 발을 동동거리니 주변 사람들은 당황하고 꺼린다. 그리고 떠난다. 한번 떠난 관계는 다시 찾을 수 없다. 상처만 남는다. 외롭다고 사람을 만나면 자존감만 떨어진다. 마치 칼날을 잡고 있는 것과 같다. 피를 흘려도 관계를 회복할 수는 없다. 차라리 혼자 견뎌야 한다. 혼자 견디는 것이 삶이다.

울지 마라
외로우니까 사람이다
살아간다는 것은 외로움을 견디는 일이다
공연히 오지 않는 전화를 기다리지 마라
눈이 오면 눈길을 걸어가고
비가 오면 빗길을 걸어가라
갈대숲에서 가슴검은도요새도 너를 보고 있다
가끔은 하느님도 외로워서 눈물을 흘리신다
―정호승, 「수선화에게」 중에서*

---

* 정호승, 『외로우니까 사람이다』, 창비, 2021, 40쪽.

깨진 밥공기

전기밥솥에 겨우 쌀을 안치고 소파로 와 눕는다. 아직 약 기운이 남아 어지럽다. 구수한 밥 냄새가 집 안을 채울 무렵 소파에서 일어난다. 스티로폼 박스에 든 김치를 부엌으로 옮기지도 않고 현관문 앞에서 연다. 갓 담근 김치 냄새가 너무 좋다. 밥공기에 밥을 퍼 현관문 앞으로 간다. 그 별것 아닌 동작에도 눈앞이 어지럽다.

김치를 손으로 쭉 찢는다. 입안에 침이 고인다. 뜨거운 밥 위에 올리고는 입으로 가져간다. 엄마는 늘, 김치는 칼로 써는 것보다 이렇게 쭉 찢어 먹는 게 맛있다고 말했다. 겨우 한 숟갈을 씹는데 식은땀이 났다. 밥 먹을 에너지도 없었나 보다. 배 속으로 음식이 들어가자 땀이 난다. 다시 김치를 찢어 밥

위에 올려 먹는다. 그렇게 밥공기를 반쯤 비우자 비로소 식은 땀이 나지 않는다. 이제 밥 먹을 에너지가 생겼나 보다. 김치만으로 한 그릇을 다 해치운다. 그래도 여전히 헛헛하다.

부엌으로 가려고 일어서다 그만 약 기운에 밥공기를 떨어뜨리고 만다. 내 원고료로 큰마음 먹고 산 영국제의 예쁜 밥공기…… 아이와 남편 그리고 나의 밥그릇과 국그릇. 그때 나는 살림하는 재미에 푹 빠져 있었다. 살림도 재미있고, 아이도 예쁘고, 소설도 잘 써졌다.

아침밥 먹고 아이 아빠와 아이가 각자 직장으로, 학교로 가면 그때서야 나는 밥을 먹었다. 설거지를 하고 청소기를 돌리고 걸레로 바닥을 닦고…… 그러면 아홉 시가 되었다. 나는 그 시간대가 좋았다. 한 시간 정도 자고 일어나 책상 앞에 앉아 책을 읽고 소설을 썼다. 아이가 학교에서 돌아오면 숙제를 봐주고 간식을 만들어 먹였다. 그때를 생각하니 눈물이 난다. 아주 바지런한 주부이자 소설가의 생활이었다. 너무 행복한 나날이었다.

깨진 밥공기가 아깝지는 않다. 단지 치울 힘이 없다는 게 문제다. 나는 다른 밥그릇에 밥을 담아 다시 현관 앞으로 가 김치와 함께 먹는다. 여섯, 일곱 그릇 먹으니까 그제야 헛헛함이 사라진다. 잠이 쏟아진다. 배불리 밥 먹고 약을 먹어서인지 아

무 생각도 나지 않는다. 행복하다. 아무 생각도 나지 않아서
나는 행복하다. 노란 소파에 누워 눈을 감는다.

지금 걱정해야 할 두 가지

　지금 걱정해야 할 두 가지는 아프냐, 안 아프냐다. 안 아프면 걱정할 것이 없고, 아프면 또 두 가지를 걱정해야 한다. 죽을병인가, 살 병인가. 살 병이면 걱정할 필요가 없고, 죽을병이면 다시 두 가지를 걱정해야 한다. 극락에 갈 것인가, 아니면 지옥에 갈 것인가. 극락이면 걱정할 것 없고, 지옥에서는 걱정한들 아무 소용이 없다. 운이 좋으면 지장보살을 만날 수도 있다. 지장보살은 전생에 지옥에 떨어진 어머니를 구하기 위해 지옥으로 내려갔다. 그리고 어머니를 지옥에서 나오게 했다.

　네 분의 보살이 있다. 지혜를 가진 문수보살, 중생을 구제하는 보현보살, 자비와 사랑의 관세음보살 그리고 지옥에 내려가 사람을 구하는 지장보살.

내 영혼의 거처

내 나이의 친구들은 집을 소유하고, 중형의 자동차를 타며, 자식은 취직을 해서 안정된 중년을 보내고 있다. 그러면서도 은근히 친구들끼리 빈부 격차를 느낀다. 나는 이 나이에 전세도 아니고 월세를 살아야 한다. 앞으로 살아갈 일을 생각하면 무척 불안하다. 한국 사람은 유독 집을 사기 위해 온갖 애를 다 쓰는데, 그동안 내가 살았던 집들이 주마등처럼 스쳐 지나간다.

하지만 살 집이 있다는 건 너무나 감사하다. 기초생활수급비에 주거비가 포함되어 있어 월세를 해결하고 남은 돈은 최대한 아껴 반찬을 산다. 알뜰하게 생활한다. 집값이 오르든 내리든 신경 쓸 필요가 없다.

집에 대해 생각하자 내 기억은 대여섯 살 때로 돌아간다. 집에 대한 최초의 기억이다. 주인 할머니는 월세를 받아 생활하는 분이셨고, 우리는 그 집에 세 들어 살았다. 월세를 내는 날이 되면 엄마는 야단맞은 아이처럼 얼굴을 붉힌 채 할머니에게 갔다. 가끔은 눈을 반짝이며 신바람 나서 가기도 했다.

다락방이 있는 집이었다. 사촌 오빠는 우리 집에서 신학대학을 다녔다. 나는 오빠가 학교에 가면 다락방에 올라가 오빠의 책을 보았지만 너무 어려워 그냥 눈을 감고 공상을 하거나 잠을 잤다. 얼마나 달콤한 잠이었던지. 비라도 오면 더욱더 행복한 잠을 잘 수 있었다.

다락방은 내 세계의 전부였다. 울 일이 있으면 오빠가 남기고 간 책을 읽으며 슬픔을 이겨내려고 했다. 다락방이 없었다면 나는 아마 소설가가 되지 못했을 것이다. 그곳은 내 상상력의 원천이 되어주었다.

동백나무 수목장

언젠가 남편과 강화도로 드라이브를 간 적이 있다. 그때 나는 기분이 저조했고, 우울한 나날들을 보내고 있었다. 처방약을 바꾼 뒤 의사는 집에서 생활하며 견뎌보라고 했다. 막 퇴원한 나를 데리고 남편은 강화도로 달렸다. 병원에서 벗어나 바다도 보고 맛없는 병원 밥 먹느라 고생했으니 회를 사주겠다고 했다. 나는 괜히 화를 냈다. 병원 밥이 얼마나 맛있는 줄 아느냐면서.

매 끼니때마다 환자들은 밥이 너무 맛있다고 감탄을 했다. 선택식을 택한 환자든 일반식을 택한 환자든. 대부분 여자 환자들이었다. 당뇨 환자들은 다른 밥이 나왔다. 밥 때문에 섭섭해하며 퇴원하는 환자들도 많았다.

―아, 집에 가면 또 밥해야 하는데…….

―글쎄 말이에요. 난 내가 한 밥 아니면 다 맛있어요.

나는 강화도로 가는 차 안에서 짧지만 진지하게 말했다.

"부탁이 있어."

"뭔데?"

"나 보낸 뒤에 와."

"……그럴 생각이야. 걱정하지 마."

"내가 혹시 어떤 식으로 생을 마감해도 놀라워하거나 슬퍼하지 마. 그냥 올 것이 왔구나 하고 담담하게 받아들여. 그리고 문상객을 받지 마. 수의도 필요 없어. 하얀 시트로 둘둘 말아 화장해서 내가 좋아하는 동백나무에 수목장을 해줘."

"…….""

"응?"

"알았어. 돈은 많이 안 들겠군. 아주 좋은 장례식이야."

"고마워."

"그런데 왜 동백나무야?"

"그 나무가 좋아. 기름이 흐르는 듯한 나뭇잎도 좋고, 며칠 피다가 때 되면 미련 없이 떨어지는 붉은 동백꽃도 좋아. 선운사에 네 번 갔는데 그때마다 활짝 핀 꽃은 못 봤어. 하지만 잎사귀만으로도 좋았고 땅에 떨어진, 미련을 두지 않고 꽃대에서 떨어져 나간 동백꽃도 참 좋았어."

"그래. 몸이 좀 더 좋아지면 선운사에 한번 가자. 답사는 해야지."

"좋아, 좋아. 아주 좋아. 난 이런 당신이 좋아. 아주 좋아."

"에구, 웃기는…… 소풍 가냐?"

전남편과 함께 선운사에 갈 것이다. 답사도 할 겸 동백꽃을 보러 갈 것이다. 주지 스님에게 언제 꽃이 피는지 여쭤본 뒤에…… 이번엔 꼭 동백꽃을 볼 것이다.

우울증이라는 질병

우울증은 몸과 마음의 질병이다. 쉽게 마음의 감기라고도 한다. 인생을 살아가면서 열 명 중 한 명은 우울증으로 고생한다고 한다. 자살을 기도하는 사람 중 80퍼센트는 우울증을 앓고 있다.

거리를 활보하는 사람들 속에 우울한 표정과 우울한 마음으로 우울한 발걸음을 옮기는 사람들이 있다. 어떤 이들은 공원 벤치에서 멍 때리며 술을 마시거나, 담배를 피우며 불안과 벌렁이는 가슴으로 괴로워한다.

우울증은 네 가지 감정을 동반한다. 우울, 불안, 기분장애, 자살 충동. 우울은 손과 발이 잘린 듯 사람을 무기력하게 만든다. 불안은 무척 견디기 어려운 감정이다. 누군가가 말한 것처럼 영혼을 잠식한다. 기분장애는 사람들과의 관계 속에서 사회생활을 하기 힘들게 만든다. 감기가 폐렴으로 가듯 우울증을 치료하지 않고 방치하면 자살 충동으로 이어져 자칫 자살로 생을 마감할 수도 있다.

우울증은 기분장애를 동반하기 때문에 원만한 사회관계를 유지할 수 없게 만든다. 우울증의 여러 고통 중 하나다. 나는 늘 사람과의 관계에서 어려움을 겪었다. 세상과 불화했다. 우울증을 안고 사회관계를 잘하려면 어떻게 해야 하는지 솔직히 모르겠다.

우울증으로 인한 자살자가 점점 많아지자 일각에선 우울병이라고 부르기도 한다. 단순한 마음의 감기가 아니라 병으로 봐야 한다는 게 의사들의 입장이다. 감기가 아니라 죽음에 이를 수도 있는 폐렴처럼 말이다. 좀 더 심각하게 병을 인식하고 관련 연구에 대한 지식을 습득한 뒤 우울병 환자들을 대하고 치료해야 한다.

우울증을 겪는 사람 중 20퍼센트만이 심리상담사에게 상담을 하거나 치료를 받는다는 통계가 있다. 대부분의 환자들은 가족 또는 아주 친한 친구에게만 말한다. 그들은 자신의 심리 상태를 발설했을 때 정신이 나약하다, 의지력이 약하다, 게을러서 그렇다는 등의 비난을 받을까 봐 두려워한다.

사실 우울증은 정신을 나약하게 만들고 의지력을 사라지게 하는 병이다. 환자들은 위생 관리에 신경을 쓰지 못한 채 하루 종일 누워서 자신을 자책하고, 미워하고, 불안해하기 일쑤다. 그 상태가 지속되면 결국 생각의 끝은 죽음으로 향한다.

우울증은 비육체적인 병 가운데 가장 처참하고 잔인한 병이라고 일컬어진다.

2장

이상한 유전자

어린 날의 트라우마

그 사람이 행복한지 아닌지는 인간관계를 보면 안다. 행복한 사람은 자신을 둘러싼 사람들과 좋은 관계를 맺고 있다.

트라우마는 그리스어로 상처라는 뜻이다. 대부분의 상처 역시 관계에서 온다. 가족 관계, 친구와의 관계, 사회적 관계……. 그 관계에서 주고받는 애정은 인생을 살아가는 데 중요한 양분이 되지만 상처는 오래 남는다.

내가 기억하지 못하는 여섯 살까지의 트라우마는 어떤 것일지 생각해본다. 엄마와 아버지가 하루 벌어 하루 먹고살았으니 나는 사는 게 힘이 들었을지 모른다. 아니, 어쩌면 엄마의 복중에서부터 힘들었는지도.

나는 엄마와 아버지의 사랑을 받지 못했다. 그리고 쪼끔 언니(셋째 언니)에게 학대를 당했다.

집을 벗어나고 싶어 구두 만드는 남자를 따라 도망치듯 사라지기 전까지 쪼끔 언니는 우리 집에서 식모나 다름없었다. 엄마는 한국전쟁 때 첫 남편을 잃고 아버지와 재혼한 뒤 나와 남동생을 낳았다. 그러니까 쪼끔 언니는 엄마에게 딸려 온 첫 남편의 딸이었다.

초등학교도 다니지 못한 언니는 집에서 나와 남동생을 키우며 살림을 해야 했다. 엄마가 없는 집에서 엄마의 역할을 해야 했고, 집안일을 도맡아야 했고, 밥때가 되면 한 정거장 거리의 가게로 점심과 저녁을 날라야 했다. 엄마와 아버지는 새벽부터 밤늦게까지 일하느라 가게에서 살다시피 했다.

언니는 아마 많이 억울했을 것이다. 그 화를 열 살이나 어린 내게 풀었다. 내가 제일 만만했고, 엄마나 아버지에게 이르지 않았기 때문이었다. 언니는 시도 때도 없이 내 머리채를 잡았다. 이불을 뒤집어씌우고는 대걸레로 마구 팼다. 나는 울지 않았다. 울면 더 맞았다.

몇 년 전 나는 시립정신병원에 있는 언니를 내가 자주 입원하는 대학병원으로 옮겼다.

"왜 나한테 잘하니?"

언니가 물었다. 예상치 못한 질문이었다. 완전히 같지는 않지만, 그것은 내가 나에게 던지던 물음이기도 했다. 나는 철이 들면서 쪼금 언니의 인생에 대해, 우리의 관계에 대해 줄곧 생각했다.

"언니도 힘들었을 테니까."

"……."

"여기서 쉬어. 먹고 싶은 거 있으면 말해. 사다 줄게."

"난…… 너한테 분풀이를 했는데……. 엄마, 아버지가 너무 미웠어……. 미안하다."

오랜 세월 풀리지 않는 의문이 있다.

외사촌 오빠가 재수를 할 때 우리 집에 몇 달 와 있었다. 나는 언니와 외사촌 오빠 사이, 그러니까 중간에 끼여 잤다. 외사촌 오빠는 밤마다 내 팬티 속으로 손을 넣었다. 내가 궁금한 건 외사촌 오빠가 나를 추행하는 걸 언니가 알았는지 여부이다. 모른 척하고 자기에는 내 저항이 거셌다.

언니는 알고 있었을까? 나는 언니와 자리를 바꾸고 싶었다. 언니는 외사촌 오빠와 나이가 같았고, 나보다 힘도 훨씬 셌기 때문에 외사촌 오빠가 나한테 하듯 추행을 하지는 못했을 것이다. 언니가 눈치채고 자리를 바꿔주기를 바랐으나 언니는 끝내 말이 없었고, 나도 아무 말 하지 못했다. 언니는 나의 학대자이자, 나를 팔열지옥으로 밀어 넣은 장본인이었으니까.

나는 밤마다 팬티를 두 장씩 입고 잠자리에 들었다. 들어오려는 손과 팬티를 허리까지 끌어올리며 막으려는 저항이 밤내내 이어졌다. 그러다 어느 순간 잠이 들었고, 눈을 뜨면 내 몸에서 손이 빠져나간 뒤였다.

누구에게도 말할 수 없었다. 엄마는 내 말을 믿지 않았을 것이다. 가뜩이나 사는 게 힘들었던 엄마는 더 이상의 정신적 고통은 감당할 여력이 없었다. 게다가 '외'사촌이었다. 내 말을 믿었다 하더라도 아버지가 알까 두려워 모르는 척, 아닌 척, 눈감고 넘어가려 했을 것이다. 그게 당시의 내 판단이었고, 내가 입을 열지 못한 이유였다.

나는 내게 닥친 불행을 누구에게도 말하지 못하고 살았다. 그래서 우울하고 불안하고 애정에 굶주린 성장기를 보냈다.

소아 우울증

내가 초등학교에 들어갈 무렵 우리 식구는 중앙에 부엌이 있고 양쪽으로 방이 늘어선 일자형 기와집에서 살았다. 초등학교에 입학할 때가 생각난다. 아주 추운 날이었다. 엄마는 보랏빛 한복을 곱게 차려입고는 내가 앉아 있는 교실을 뿌듯한 표정으로 바라보았다. 나는 엄마가 여느 때와 달리 미용실에서 파마도 하고 한복도 곱게 차려입어서 너무 좋았다.

학교에 다니는 내내 나는 기운이 없었다. 지금 생각하면 소아 우울증이 아니었던가 싶다. 어느 날 선생님이 가정방문을 와서는 물었다.

"너 튀기니?"

그날도 나는 심하게 아팠고, 엄마는 다음 날 연대 세브란스

병원으로 나를 데려갔다.

병원 입구 근처에 노란 바나나를 파는 리어카가 있었다. 엄마가 바나나 장수에게 물었다.

"이게 뭐요?"

"바나나라고 아이들이 제일 좋아하는 다른 나라의 과일이오."

"얼마요?"

"비싸요. 아주머니는 못 사요."

"왜 못 사요?"

"비싸다니까요!"

"나도 장사하는 사람이오."

"그게 뭐……."

"하나 줘요."

엄마는 이를 악물고 지갑을 열었다. 나는 바나나를 받아 한 입 깨물었다. 입에서 살살 녹았다. 지금은 싼 축에 속하지만 그때 바나나는 아주 비쌌다. 아마 가장 비싼 과일이었을 것이다. 엄마는 바나나 껍질을 먹었다. 엄마의 그 모습이 지금껏 잊히지 않는다.

"진짜 맛나네!"

엄마가 흐뭇하게 웃으며 말했다.

"아주머니, 그건 껍질이라 먹는 게 아니오."

"먹고 안 먹고는 돈 낸 사람 마음이지. 고약한 사람이네. 우리를 거지로 아나?"

의사는 악성빈혈에 영양실조라고 했다. 그리고 아이가 너무 우울하고 의욕이 없다고도 했다. 하지만 우울에 관한 건 처방하지 않았다.

엄마는 정육점에서 소 피를 얻어다 나에게 끓여 먹였다. 나는 이사한 가겟집이 싫었다. 시장도 싫었고, 부산스러운 분위기도 싫었다. 그중에서도 부엌이 제일 싫었다. 한 사람이 겨우 들어갈 정도의 작은 부엌에서 아버지는 바닥에 신문지를 깔고 일을 보았다. 아버지가 힘 쓰는 소리와 역겨운 냄새가 고스란히 가겟방으로 들어왔다.

나는 고통스러웠다. 가난이 너무 싫었고, 비참했고, 언제나 울고 싶었다. 부엌을 지날 때마다 환멸이 났다. 그 부엌에서 지은 밥도 먹기 싫었다. 아침을 거른 채 학교에 가기 일쑤였다. '영양실조' 진단 후 어느 날 엄마가 부라보콘과 환타를 사 들고 그 넓고 현기증 나는 운동장을 뛰어 교실로 왔다. 선생님에게 그걸 맡기며 연신 고개를 숙였다. 꼭 먹여야 한다고.

나는 창피했다. 시꺼먼 전대에 꾀죄죄한 옷차림……. 너무 창피했다. 그때 내 소원은 엄마와 아버지가 장사를 하지 않고 다른 집들처럼 사는 것이었다. 아버지는 화장실에서 일을 보고, 부엌은 오직 밥을 짓는 장소고, 엄마는 안에서 살림을 하는 그런 집. 그 꿈이 얼마나 간절했던지 나는 심한 강박증에 시달렸다. 사실 나의 첫 우울증은, 다른 많은 이유가 있겠지만 이 강박이 제일 큰 원인이었다.

쪼끔 언니

    나를 키운 건 셋째 언니다. 나는 그녀를 쪼끔 언니라고 불렀다. 언니는 나보다 열 살이 많았고, 엄마를 대신해 살림을 하고 아버지가 다른 나와 남동생을 키웠다. 그러면서 엄마를 원망했다. 나는 언니가 세상에서 제일 무서웠다. 언니의 기분장애가 병적으로 심해 이유 없이 맞거나 자주 장롱 안에 들어가 있어야 했다.

    집에서는 식모나 다름없었지만 밖에서의 언니 별명은 '대방동 미인'이었다. 엄마는 언니에게서 처녀티가 나자 촉각을 곤두세웠다. 언니가 어딘가로 사라지기라도 하면 엄마가 집안일까지 해야 했으니까. 엄마의 감시에도 불구하고 언니는 결국 스무 살에 구두 만드는 남자와 도망치는 데 성공했다.

한여름이었다. 엄마는 어린 나를 데리고 주소가 적힌 종이와 수박을 들고 언니가 산다는 봉천동으로 찾아갔다. 어렵사리 집을 찾아 대문 안으로 들어섰으나 언니는 엄마와 나를 보자마자 화부터 냈다.

"왜 와? 왜? 여기는 왜 왔는데?"

"집에 가자."

언니의 기세에 눌린 엄마가 사정하는 투로 말하자 언니가 벌컥 화를 냈다.

"왜! 또 식모살이 시키려고!"

언니의 히스테리가 너무 심해서 엄마와 나는 방에 들어가 보지도 못하고 밖으로 나왔다.

"나쁜 년! 이 더운 날 힘들게 사 들고 갔더니만 수박 한 쪽 안 내놓고 내쫓다니!"

그 말을 들으며 나는 엄마가 너무 염치없다는 생각을 했다.

쪼끔 언니는 둘째 아이를 가졌을 때 엄마 곁으로 왔다. 이유는 모르겠다. 학교도 안 보내고 십수 년을 식모로 부렸다며 엄마를 미워했는데…….

둘째 아들을 낳은 언니는 산후우울증으로 정신병동에 입원했다. 내가 초등학교에 다닐 때였다. 엄마는 한 달도 안 된 손자를 들쳐 업고는 아기를 봐줄 집을 향해 걸었다. 나는 우유병과 분유통이 든 보따리를 들고 엄마 뒤를 따랐다. 겨울밤은 깊고 어두웠다. 땅이 얼어서 꽤나 미끄러웠다. 그리고 너무 추웠다. 어찌나 추운지 나는 엄마가 짜준 목도리로 머리와 목을 칭칭 감았다. 춥고 다리가 아팠다. 그냥 주저앉아 자고만 싶었다. 하지만 엄마의 어두운 얼굴과 엄마에게 업힌 아기를 보며 말없이 눈길을 걸었다. 그때 언니 나이는 스물세 살이었다.

그 후로 언니의 삶은 망가졌다. 가슴이 답답하다, 천불이 난다며 자주 집을 비웠고, 그러다 바람피우는 걸 형부에게 들키는 바람에 실컷 두들겨 맞다 이혼했다. 몇 년 뒤 재혼을 했지만 그것도 실패했다. 이사 가는 곳마다 동네 사람들의 신고로 정신병동으로 쫓겨 들어가곤 했다. 둘째 아들은 우울증이 와 항우울증 약을 먹기 시작했다.

엄마의 장례식장에서 언니가 말했다.

"쪼끔 언니라고 부르지 마라."

"왜?"

내가 물었다. 왜 갑자기 언니가 그런 말을 하는지 알 수 없었다.

"다 안다. 쪼끔만 언니라서 그렇게 부른다는 거."

"응? 아닌데…… 작은언니라서 그렇게 부른 건데……."

"나는 다 안다."

"……."

"그리고…… 미안하다. 때려서."

언니의 공허한 시선이 눈앞의 벽 어딘가로 향해 있었다. 예수 십자가상이 걸린 벽. 둘째 언니가 말했다.

"네 잘못이 아니야. 엄마 잘못이지."

하지만 엄마 잘못도 아니었다. 언니들의 아버지는 한국전쟁때 돌아가셨다. 엄마에게는 4남매가 남았고, 혼자 키울 수 없어서 마침 엄마를 좋아하는 남자와 재혼했다. 자식들에겐 추상같은 엄마였지만, 그런 엄마도 아버지 앞에서는 기를 펴지 못했다. 쪼끔 언니를 학교에 보내지 못한 것은, 물론 가난 때문이기도 했겠지만 엄마의 자격지심이 한몫하지 않았을까.

나의 상처를 사랑해줘

이렇게 시작되었다, 사랑은. 1981년 5월, 점조직으로 구성된 서클 친구들이 경양식집에서 만났다. 나는 열아홉 살이었고, 사회과학 서클에서 학습 중이었다. 당국의 감시가 심해 우리는 몰래 만나 공부했고, 교내에서는 서로 아는 체하지 않았다. 5월의 교정은 곳곳에서 터지는 최루탄과 피 끓는 젊음이 뿜어내는 시큰한 살 냄새로 가득했다.

그해 5월, 어느 정도 기초 학습이 끝난 우리 여성 팀은 경양식집에서 다른 남성 팀을 만났다. 맞은편에 남학생들이 한 줄로 쭉 앉아 있었는데, 우리는 마치 미팅을 하는 듯 쑥스러워 고개를 들지 못했다. 나는 한 남자에게 자꾸 눈이 갔다. 말하자면, 사랑의 화살이 꽂힌 것이다. 믿을 수 없게도 이런 말이 내 입에서 튀어나왔다.

"나랑 계약 연애해."

순간 그는 얼굴을 붉혔고, 나는 어처구니없을 정도로 당당했다. 우리는 경양식집에서 술집으로 자리를 옮겼다. 왁자지껄 떠들며 술을 마시느라 정신없는 와중에 남자애가 내 옆으로 오더니 내 허벅지를 베고 누웠다. 다들 놀란 눈으로 우리를 힐긋힐긋 쳐다보았다.

그날 이후 그에게 정신없이 빠져들었다. 하루라도 안 보면 살 수가 없었다. 늘 허기에 시달렸다. 지금 생각하면, 나는 그가 고통과 슬픔과 애정결핍으로 꽁꽁 얼어붙은 내 마음을 녹여주기를 바랐다. 간절히. 하지만 열아홉 살의 남학생은 새내기의 첫 대학 생활을 즐기느라 나의 바람을 알지 못했다. 나는 내 이야기를 하며 그의 어깨에 얼굴을 묻고 한없이 울고 싶었는데.

사실 그 무렵의 나는 너무 많은 트라우마에 시달려 늘 얼굴이 새하얗게 질려 있었다. 그가 내게 한 말이 잊히지 않는다. 너무 흔한 이야기라서가 아니라 처음으로 듣는 말이기 때문이었다.

"넌 이쁘고, 그리고 착해."

"뭐…… 더는 없어?"

"그러면 된 거지."

나는 실망했다. 내가 듣고 싶은 말은 '왜 그렇게 우울하니? 무슨 일이 있었니? 말해봐, 다 들어줄게. 그리고 안아줄게' 이런 거였다.

연애를 시작한 지 얼마 되지 않아 며칠 동안 그와 연락이 닿지 않았다. 서클에도 나오지 않았고, 자취방에도 돌아오지 않았다. 혹시나 싶은 마음에 비를 맞으며 그의 자취방 앞에서 기다려도 보았지만 소용없었다.

나는 그에게 불행한 내 어린 시절에 대해 말하고 싶었다. 가 겟집에서 학교를 다녀야만 했던 사정을, 가족 내력인 우울증을, 누구에게도 한 번도 이야기한 적 없는 '나'를 말하고 싶었다. 그리고 그의 고통도 알고 싶었다. 서로의 트라우마를 나눠 가지는 것이 사랑이라고 믿었다.

어느 날 여학생실 의자에 비스듬히 기대 창밖을 보았다. 노란 은행잎이 덮인 계단으로 그가 다른 여학생과 웃으며 걸어 내려오고 있었다. 순간 마음의 문이 탁 닫혔다.

그 후 나는 어떤 남학생과도 친하게 지내지 않았다. 상처가 너무 컸다. 만약 다시 그 시절로 돌아간다면 나는 일주일간의 그의 행적에 대해 물을 것이다. 그리고 화를 낼 것이다. 그때 내가 그랬다면, 만약 그렇게 했다면 어쩌면 우리의 연애는 계속되었을지도 모른다.

마지막 날이 생각난다. 눈이 많이 왔고, 우리는 한때 늘 만나던 장소에 서 있었다. 침묵. 하염없이 시간이 흘렀다. 그가 왜냐고, 왜 갑자기 차가워졌냐고 한마디만 물어봤어도, 그랬다면 어쩌면 우리는 헤어지지 않았을지도 모른다. 그러나 끝내 그는 침묵했고, 나는 그런 그를 두고 발길을 돌렸다.

소설가가 되어 첫 책이 나왔을 때 가슴이 두근거리고 설렜다. 그가 알고 있을 거란 상상을 했다. 내 책을 읽고 그는 어떤 생각을 할까, 어떤 마음이 들까, 혼자 상상했다. 우리는 왜 헤어졌을까. 그의 말대로 자존심 때문이었나. 아니면 너무 어려서였을까. 나를 알아달라는 요구가 열아홉의 그에겐 너무 큰 짐이었나.

어쨌거나, 첫사랑은 기쁨으로 시작하고 쓸쓸함으로 끝난다.

이름도 얼굴도 모르는 큰언니의 죽음

대학 2학년 여름, 엄마와 함께 쪽파를 다듬는데 전화벨이 울렸다. 엄마가 전화를 받더니 말없이 수화기를 내려놓았다. 그러고는 쪽파를 내 앞으로 밀어놓고 담배를 꺼내 피웠다. 두 개비를 연이어 피운 뒤 어딘가로 전화를 걸었다.

두 시간쯤 지났을까, 민소매의 검정 원피스를 입은 여자가 가게로 들어왔다. 나중에 알고 보니 그녀는 내 둘째 언니였다. 그러니까 쪼끔 언니는 셋째 언니인 셈이었다. 나는 그 사실을 까맣게 몰랐다. 엄마가 말하지 않는데 내가 어찌 알 수 있었으랴. 어쩌면 말할 수 없었는지도 모르겠다. 오랜 세월이 흐른 후 둘째 언니는 그때 내가 쌀쌀맞게 굴었다며 서운했다고 말했다. 언니인 걸 알았다면 좀 더 살갑게 굴었을 것이다.

엄마가 돈통에서 지폐를 챙기며 말했다. 내가 아니라 검정 원피스의 여자에게.

"죽었단다. 막걸리에 농약을 타서 먹었다는구나. 그렇게 맞더니……."

말하다 말고 엄마가 나를 쳐다보았다.

"이틀 뒤에 올 테니 네 아버지에게 말해라. 외가에 일이 생겨서 다녀온다고."

엄마와 둘째 언니가 가게를 떠났다.

나는 한 번도 외가에 가본 적이 없었다. 내가 아는 건 할머니와 할아버지가 돌아가셨다는 것과 시골에 막내 이모와 외삼촌이 산다는 것뿐이었다.

이틀 뒤 집으로 돌아온 엄마는 며칠을 앓아누웠다.

자살? 나는 그런 일이 내 가까이에서 일어날 수 있다는 것에 놀랐다. 그리고 얼마 후 큰언니의 아들과 딸이 가게로 왔다. 여자아이는 야무지게 생겼고, 남자아이는 얼굴이 검었다. 뭐가 먹고 싶으냐고 엄마가 묻자 남자아이는 고기!라고 대답했다. 엄마는 두 손주를 순댓국집으로 데려갔다. 이후 남자아이는 서울대에 들어갔지만 우울증이 발병해 항우울증 약을 먹기 시작했고, 사회생활을 제대로 하지 못했다.

엄마와 나의 마음의 고향

대방성당에는 선종하신 김수환 추기경님이 쓰신 현판이 있다.

'서로 사랑하라'

엄마는 돌아가시기 2년 전에 이 성당에서 세례를 받았다. 그때까지 엄마가 한 일 중 가장 잘한 일이라고 생각한다.

세례명은 마르타. 성경에는 마르타가 예수님에게 혼나는 장면이 나온다. 예수님은 가르침을 배우는 것보다 자신을 대접하기 위해 일에 몰두하는 마르타를 꾸짖었다. 마르타의 자매인 마리아는 오직 예수님의 가르침에 귀를 기울였다. 엄마의 세례명으로 마르타보다 적절한 게 있을까. 엄마는 늘 일에서 놓여나지 못했다. 노동은 엄마가 살아가기 위한 최선의 방

책이었다.

어린 시절 나는 늘 그 성당에서 놀았다. 잘 가꾼 꽃나무가 있고, 예쁜 꽃들이 봄, 여름, 가을 지천으로 피어났다. 나는 꽃을 꺾어 책 속에 눌러놓았다. 겨울이면 교과서에 꽂아놓은 마른 꽃들을 보며 놀았다. 무엇보다 겨울엔 하얀 눈꽃이 제일 아름다웠다.

성당은 나의 고향이자 안식처가 되어주었다. 언니에게 이유 없이 맞거나 심한 욕을 들으면 나는 대방성당으로 갔다. 그곳은 상한 마음을 달래주고 언니 앞에서 울지 못하는, 엄마와 아버지 앞에서도 울지 못하는 나의 울음을 받아주었다. 엄마는 내가 우는 걸 한 번도 본 적이 없다고 했는데 당연한 말이다. 나는 성당에서 울었다. 울 일이 있으면 성당으로 갔다.

대방성당은 또한 엄마의 마음의 고향이기도 했다. 엄마는 내가 초등학교에 다닐 때 정신병동에 입원해 치료를 받은 적이 있었다. 엄마 친구를 따라 엄마를 보러 간 날 엄마는 나를 안고 서럽게 울었다. 그 후 엄마는 기분장애로 감정을 제어하지 못할 때면 소주를 사가지고 성당에 가 울면서 마셨다.

엄마가 돌아가시고 성당에서 장례식을 치렀다. 그날 밤 나는 무서운 꿈을 꾸었다. 엄마가 해골이 되어 화형을 당하는데, 빨간 이브닝드레스를 입고 있었다. 그 이야기를 하자 친구가 연옥 영혼을 위한 철야 기도를 하는 성당으로 나를 데리고 갔다. 성당에서 철야 기도를 드리고 집으로 돌아온 나는 죽은 듯이 잠을 잤다. 꿈속에서 엄마는 하얀 치마저고리를 입고 공중으로 붕 떠가고 있었다.

나는 천국이니 지옥이니 하는 사후 세계를 믿지 않았는데 두 번의 엄마 꿈으로 사후 세계가 있을지도 모른다고 생각하게 되었다.

'엄마, 잘 가. 천국에서는 편안하고 행복하게 살아. 아버지랑 같이.'

가난한 부부

　엄마와 아버지는 금슬이 좋았다. 자식에 대한 애정보다 서로에 대한 사랑이 더 컸다. 내가 용돈을 드리거나 고기를 사 가면 이렇게 말했다.

　"나는 괜찮으니까 아버지에게 잘해라."

　"나는 괜찮다. 엄마에게 잘해라."

　아버지는 점잖은 분이었다. 술은 안 하고 담배만 피웠다. 가끔은 푼돈을 걸고 재미로 화투를 치기도 했다. 아버지는 새벽 다섯 시면 일어나 영등포 시장으로 물건을 떼러 갔다. 그날 팔 채소와 고추를 사 와서 가게 앞에 내려놓고 방으로 들어가 잠깐 눈을 붙였다. 그러면 엄마가 일어나 아버지가 떼 온 채소와 고추를 가게 안으로 들였다.

내가 일어나는 시간도 그쯤이었다. 나는 눈을 뜨자마자 고추 분쇄기 앞에 놓인 사과 상자를 딛고 올라서서 고추를 빻았다. 고추가 기계 안으로 잘 빨려 들어가지 않으면 기다란 막대기로 고추를 밀어 넣어야 했다. 그럴 때마다 팔이 기계 안으로 같이 빨려 들어가는 듯한 공포가 엄습했다. 내가 기계를 끔찍이도 싫어하게 된 것은 그 때문이었다. 분쇄기 소리는 또 오죽 큰가. 나는 고추를 다 빻고 나서야 학교로 갈 수 있었다.

어린 나이에도 엄마와 아버지를 불쌍하게 생각했다. 두 분에겐 휴일도 없고, 명절도 없었다. 아니, 명절은 더 바빴다. 사람들로 가게가 북적거렸다. 당시 나는 부모님에 대한 애증으로 괴로웠다. 속으로 울지 않은 날이 없었다.

엄마가 교통사고로 다리를 다쳐 6개월 동안 병원에 입원했을 때의 일이다. 아버지에게 밥을 가져다줄 사람이 필요했다. 신혼이었던 내가 아버지 집에 전세로 들어갔다. 어느 날 나는 아버지가 좋아하는 양념게장과 명란젓, 구운 조기와 미소 된장국을 바구니에 담아 아이를 들쳐 업고는 가게로 갔다. 그때 아버지가 한 말을 지금도 잊을 수가 없다.

한여름에 아이를 업은 채 점심 바구니를 들고 가게로 갔는데 아버지가 창피하다는 듯 말했다.

"앞으로 시장에는 오지 마라."

엄마 아버지와 5년을 함께 살았다. 그동안 남동생이 취직을 하고, 둘째 언니도 아주 잘살게 되었다. 진실이는 돈만 생기면 둘째 언니에게 준다고 했다. 진실이하고 진영이가 탤런트가 되어 언니는 하루 종일 돈을 세며 산다고 웃으며 말했다. 둘째 언니가 잘살게 되었으니 언니가 엄마한테 용돈을 주겠지, 생각하며 분가를 했다. 내 역할은 끝났다고 생각했다. 그런데 분가할 때 엄마가 말했다.

"한 달에 생활비를 얼마 줄 건지 각서를 써라."

엄마는 내 전세금도 다 돌려주지 않았다.

"돈이 부족하면 네 시어머니한테 꿔라."

부모님을 모시는 5년 동안 나는 한 푼도 저축하지 못했다. 엄마에게 순수 생활비로 40만 원, 아버지 용돈으로 10만 원을 드렸다. 내게는 큰돈이었다. 얼마나 큰돈인가 하면, 남편이 사업에 망하는 13년 동안 나는 한 달에 10만 원도 제대로 쓸 수 없었다.

스물세 살 여름

소속이 없다는 건 엄청난 불안을 가져온다. 학교 다니면서 공부하는 게 세상에서 가장 쉬운 일이라는 게 맞는 말 같다. 내가 대학에 다닐 당시만 해도 여학생은 졸업해도 취직할 곳이 별로 없었다. 특히 사회과학 서클에 소속되어 있던 학생들은 더했다. 재학 시절 유치장을 들락거리거나 아니면 공장으로 위장 취업을 나가곤 했으니.

아버지 쪽 칠촌 남자 조카(나보다 나이가 많았다)는 지금은 고인이 된 김태경 사장님과 함께 신촌에 '오늘의 책'이라는 서점을 열었다. 그리고 그 옆에 '섬'이라는 카페도 개업했다. 나는 서점에 점원으로 취직했다. 마음에 드는 선택은 아니었지만 어쩔 수 없었다.

사장은 아주 예민한 사람이었다. 미식가이기도 했다. 판사인 사모님은 항상 검정 옷을 입었는데, 예쁜 얼굴에 다리를 약간 절었다. 그녀는 점심시간이면 서점으로 와 사장과 함께 맛있는 음식을 먹으러 다녔다. 물론 나는 예외였다. 사장은 나에게 짜장면 한 그릇 사준 적이 없었다. 어느 정도 이해는 갔다. 사장은 몸이 약한 나를 직원으로서 탐탁해하지 않았고 시간이 지날수록 점점 더 못마땅해했다. 그러자 사모님도 나를 보는 눈이 처음처럼 곱지만은 않았다.

사장의 친구라는 남자가 거의 매일 서점에 와서는 의자에 앉은 채 졸았다. 그때는 손님들에게 책을 포장해주었는데 금방 발밑에 잘린 종이가 수북이 쌓이곤 했다. 남자는 잠깐씩 깰 때마다 내 발밑에 쌓인 종이 쪼가리를 모아 휴지통에 버려주었다.

나는 자꾸만 기력이 쇠해갔다. 책방 일이 힘에 부쳤다. 월급으로 20만 원을 받아서 아버지를 드리면 아버지는 다시 내게 차비와 점심값으로 5만 원을 주었다. 나는 늘 주머니 사정이 빠듯할 수밖에 없었다.

한번은 과 친구들이 놀러 와 신촌 먹자골목에서 숯불 돼지갈비를 먹었다. 나는 불안했다. 돈이 없었다. 어떻게 할까 고민하다가 조금 먹다 일어났다. 친구들이 놀란 눈으로 나를 쳐다보았다. 내가 계산을 해야 하는데 중간에 일어났기 때문이었다.

서점에서 일한 지 6개월이 지날 무렵부터 나는 시름시름 앓았다. 아침은 대개 걸렀다. 점심은 신촌 시장에서 천 원짜리 국수로 때웠다. 저녁은 굶었다. 버스로 두 정거장 거리의 가게로 가서 밥을 먹는 게 힘들었다. 서점 일을 마치고 돌아오면 피곤하고 지쳐서 밥 대신 잠을 택하기 일쑤였다. 그렇게 6개월을 버티다 보니 몸에 무리가 갔는지 결국 앓아눕고 말았다. 그냥 몸살이 아니었다. 잠을 자지 못했고 자살 충동이 일었다.

나는 살고 싶었다. 그러려면 우선 뭔가를 먹어야 했는데, 집 안에는 먹을 게 아무것도 없었다. 엄마와 아버지는 두 정거장 떨어진 가게에서 살았다. 얼굴을 못 본 지도 벌써 여러 날이었다. 부모님에게 부담을 주고 싶지 않았지만 방법이 없었다. 가게로 전화를 걸어 말했다.

"엄마, 빵하고 우유 좀 갖다줘."

"이년아, 나가 뒈져!"

평생 그 말을 잊지 못한다. 엄마의 그 말…… 말……. 다시는 가게에 전화하지 않았다. 그렇게 며칠이 흘렀을까, 엄마가 집으로 왔다. 나는 엄마가 보는 데서 죽어버리고 싶었다. 면도 칼로 손목을 쓱쓱 그었다.

107

아홉 살 많은 아저씨

옷차림이 구질구질해서 노동 운동가인 줄만 알았다. 종이 쪼가리를 모아 휴지통에 버려주곤 하던 그 남자가 나를 찾아왔다. 칠촌 조카에게 집을 물어보았다고 했다. 그가 조카의 과 선배라는 것도, 서른두 살의 노총각이라는 것도 그때 알았다.

"여긴 어떻게……?"

서점을 그만둔 마당에 그가 집까지 나를 찾아오리라고는 생각지 못했다. 그는 대답 대신 누워 있는 나를 보더니 잠깐 다녀오겠다고 말하며 방에서 나갔다. 잠시 후 그는 커다란 비닐봉지를 들고 돌아왔다. 봉지 가득 빵과 바나나우유가 들어 있었다. 그 후 그는 매일 먹을 걸 사 가지고 왔다. 나는 생전 처음으로 초밥과 생선회를 먹어보았다. 그는 다정다감한 성격의 남자였다.

2월에 서점을 개업할 때 나를 처음 보았다고 했다. 내 여자다! 한눈에 반했다고 했다. 내 얼굴이 후광에 감싸인 듯 빛났다고. 사장 부인이 내 외모를 보고 이런 말을 했었다.

"이국적으로 생겼네요."

그 말을 듣는데 초등학교 때 선생님이 한 말이 생각났다.

"너 튀기니?"

처음 만난 날 저녁에 다 함께 고기를 먹었다. 사장 내외와 서점 옆 카페 '섬'에서 일하는 언니와 칠촌 조카와 함께. 그때 먹은 게 무슨 고기인지는 모르겠다. 다만, 너무 맛있어서 속으로 놀랐던 건 기억난다. 이렇게 맛있는 고기가 있다니! 그런 생각을 했다. 그때까지 내가 먹은 고기라는 건 엄마가 프라이팬에 구워주는 삼겹살뿐이었다. 그것도 남동생이 있을 때만.

훗날 그가 나 때문에 고기를 5만 원어치나 샀다고 말했다.

죄의식과 강박증

앓아누워 있을 때 아버지가 오셨다. 나는 돈을 벌어 엄마와 아버지가 힘든 채소 장사를 그만두게 하고 싶었다. 그것이 나의 강박적 소원이었다. 그러나 채소 장사를 그만두게 하기는 커녕 아버지에게 용돈조차 드리지 못한다는 사실에 엄청난 죄의식을 느꼈다.

당시 나는 대학에 간 것을, 은행에 취직하지 않은 것을 후회했다. 아버지 말처럼 그냥 은행에 다녔다면 월급도 많이 받았겠지. 분명 20만 원보다는 많았을 거다, 서점에서처럼 무거운 책들을 옮길 일도 없었을 테고, 그러니 몸이 아파서 그만두는 일도 없었을 거다.

아버지는 말없이 무릎을 꿇고 있는 나를 바라보았다. 나는 여상을 나오고도 대학에 갔다. 그것도 현실에서 써먹을 데 없는 철학과를 갔다. 고등학교 때 나는 염세주의에 빠졌었다. 살만한 인생인지 아닌지 알고 싶었다. 살 만한 인생이 아니면 자살하려고 했다. 그 의문을 풀기 위해 철학과에 갔다. 더 좋은 학교에 갈 수 있었지만 동국대를 택했다. 나는 우수 장학생으로 입학했고, 등록금을 반만 냈다. 그곳에서 서양철학, 불교철학, 한국철학, 인도철학 등을 공부할 수 있었다.

내가 대학에 간다고 했을 때 아버지는 반대했다.

"은행에 취직해 네 동생 뒷바라지를 하면 안 되겠니? 너희 둘을 다 대학에 보낼 힘이 없다."

"첫 등록금만 대주시면 제 힘으로 다닐게요."

수석 장학금도 받으며 내 힘으로 대학에 다녔다. 졸업도 했다. 하지만 정상적인 생활을 하지 못했다. 나는 왜 이렇게 몸도 의지력도 약한지 자책했다. 대학에 가겠다고 고집부리던 그 깡과 정신력은 어디로 사라졌는가. 시름시름 앓으면서 그렇게 죄의식에 빠져들었다. 아주 오랜 시간이 흘러서야 의지력의 상실이 우울증의 한 증상이라는 것을 알았다.

죽고 싶어요

엄마 아버지의 기대가 부담이 되어 나를 짓눌렀다. 나는 집을 떠나고 싶었다. 집을 떠나야 살 수 있을 것 같았다. 한순간이라도 홀가분하게 살고 싶었다. 그러나 현실이 따라주지 않았다. 홀가분하려야 홀가분할 수가 없었다. 부모님을 채소 장사에서 놓여나게 하지도 못했고, 돈도 벌지 못했다. 남은 건 죄책감뿐이었다.

나의 병은 점점 깊어졌다. 서점에서 만난 남자가 아무리 맛있는 걸 사 와도 먹지를 못했다. 눈을 감고 잠이 들었다 깨면 시간은 겨우 5분도 지나지 않았다. 나는 씻지도 않고, 이도 닦지 않고 누워서 천장만 바라보았다.

보다 못한 칠촌 조카가 나를 병원으로 데려갔다. 앓아누운

지 두 달 만이었다. 지금이야 동네에도 정신건강의학과가 많지만 그때는 흔하지 않았다. 게다가 무엇보다 내가 무슨 병에 걸린 것인지를 몰랐다. 옛날 같으면 굿을 하든가 가문의 수치로 여겨 곳간에 숨겼을 것이다.

조카가 나를 데려간 곳은 이시형 박사가 있는 고려병원이었다. 좁은 복도는 고통을 호소하는 사람들로 가득했고, 일부는 맨바닥에 앉아 자기 이름이 호명되기를 기다렸다. 마침내 내 차례가 되어 진료실로 들어가자 이시형 박사가 물었다.

"어디가 아프죠?"

"죽……고…… 싶어요."

나는 딱 그 말만 했다. 이시형 박사는 바로 입원 절차를 밟으라고 했다. 속전속결. 나는 왜냐고 묻지 않았다. 그냥 이해할 수 있었다. 게다가 의지력 제로 상태가 아니던가. 의문을 가졌다 해도 이유 따위 묻지 않았을 것이다. 나는 건물 8층의 정신병동에 대기 없이 곧바로 입원했다. 조카의 친구가 원무과에 있어 특혜를 받은 것이었다.

병실 문을 열고 안으로 들어섰다. 웃음소리가 밖까지 새어나왔다. 다섯 명의 여자 환자가 각자의 침대에 앉아 무슨 이야기인가를 도란도란 나누고 있었다. 대부분 4, 50대로 보였다. 나처럼 젊은 사람은 없었다. 나는 내 침대로 가 짐을 내려놓고 그대로 드러누웠다. 병원비라는 걱정이 우울의 형태를 띠고서 또다시 나를 덮쳤다. 눈을 감음으로써 세상의 걱정으로부터 나를 격리시켰다.

저녁 회진 때 이시형 박사가 레지던트와 인턴들을 대동하고 와서는 침대를 돌며 환자들에게 물었다.

"오늘은 잘 지내셨어요?"

"개가 나오는 꿈을 꿨어요. 저를 물려고 했어요."

"으하하하, 개꿈입니다, 개꿈."

사람들이 배를 잡고 웃었다.

"이 병은 밥을 잘 먹고 잠도 잘 자게 되면 다 고치는 병입니다."

이시형 박사가 다른 침대로 갔다. 그 침대의 주인이 말했다.

"저는 이제 밥도 잘 먹고 잘 자니 퇴원시켜주세요."

"일주일만 더 쉬세요. 집에 가면 밥하고 집안일 해야 하잖아요. 여기서 해주는 밥 먹고 노세요."

또 다른 여자는 지겹다는 표정을 지으며 두 팔을 앞으로 쭉 뻗었다.

"저어, 선생님. 저는 왜 이렇게 살이 찌죠? 살 때문에 너무 스트레스를 받아요."

"초콜릿을 먹지 않으면 개미허리로 만들어줄게요."

"밥도 반만 먹을까요?"

"그건 안 돼요. 초콜릿을 먹지 말아요."

마침내 이시형 박사가 내 쪽으로 다가왔다.

"좀 어때요?"

"잠만…… 자요."

"그동안 못 먹고 못 자서 그러는 거니까 마음 편히 가져요. 먹고 자고 하면 우울증에서 벗어날 거예요."

"정상적인 사람이 될까요?"

"하하핫. 당연하죠. 약 잘 먹어야 해요. 알았죠?"

사실 나는 그게 제일 겁이 났다. 미친다는 것. 니체는 신은 죽었다! 내가 신이다! 떠들며 벌거벗은 채 거리를 쏘다녔다.

이시형 박사는 키가 크고 멋있었다. 게다가 항상 웃는 얼굴이어서 환자들이 다 좋아했다. 회진 시간이 다가오면 마흔이 넘은 환자가 크고 즐거운 목소리로 말했다.

"곧 우리가 사모하는 이시형 선생님이 오십니다. 이불 정리하고 앉아 계세요."

그녀는 자기 손으로 짐을 싸 자의 입원을 했다고 전날 나에게 말했다. 그리고 수순처럼 나에게 왜 입원을 했느냐고 물었다. 나는 아직 누구하고도 말할 기운이 없어 그냥 누워서 잤다.

서점에서 만난 남자를 나는 아저씨라고 불렀다. 나보다 아홉 살이 많았으니까. 아저씨는 매일 점심때만 되면 면회를 왔다. 한 달 반 동안 하루도 빼놓지 않고. 일식 도시락도 사 오고, 고급 빵, 케이크, 떡볶이, 순대 등을 사 와 휴게실에서 내게 먹였다. 한번은 동화책을 가져다주기도 했다. 어린아이들이 보는, 그림이 크게 그려진 동화책이었다.

어느 날 내가 아저씨에게 말했다. 친한 친구에게 비밀을 털어놓듯이.

"집을 떠나고 싶어요. 부모님의 기대가 너무 부담스러워요."

"나랑 결혼합시다."

"네? 전 아직 스물세 살이에요. 돈도 없어요."

"몸만 오면 돼요. 돈 걱정은 하지 말아요."

"전…… 아저씨를 사랑하지 않아요. 그런 감정을 느낀 적이 없어요."

"사는 게 중요해요. 나랑 결혼하면 살 수 있어요."

나는 고민에 빠졌다. 그때까지 결혼은 생각해본 적이 없었다. 아저씨와 결혼하면 살 수 있을까. 사랑하지는 않지만 싫지도 않았다. 언제부터인가 내가 먼저 아저씨를 기다리게도 되었다. 그리고 가장 큰 이유, 집을 떠날 수 있다는 것. 집에서 벗어나는 것이 당시 나의 유일한 희망이었다.

다시 아프지 않기 위해

퇴원하고 그해 10월에 결혼했다. 식이 진행되는 동안 나는 한 번도 웃지 않았다. 신혼여행에서 찍은 사진도 온통 우울한 표정뿐이었다.

서른 살에 우울증이 재발했다. 아이가 여섯 살, 유치원에 다닐 때였다. 등이 너무 아파 종일 누워서 지냈다. 하루는 아이가 불안한 얼굴로 편지를 가지고 왔다.

하느님, 우리 엄마를 건강하게 해주세요. 밥도 많이 많이 먹게 해주세요. 잠은 그만 자게 해주세요. 엄마 말 잘 듣고, 아빠 말도, 선생님 말도, 아줌마들 말도 잘 들을게요. 엄마, 기운을 내세요. 내가 있잖아요. 빨리 나아서 저랑 놀아주세요. 그리고 엄마,

동생을 사주든지 아니면 카드를 사주세요.

편지를 읽고 가슴이 너무 아파서 곧장 아이를 데리고 문구점에 가 천 원짜리 카드를 사주었다. 그러고 다시 침대에 누웠다. 아이에게 견딜 수 없이 미안했다. 천장을 바라보며 혼자 중얼거렸다.

'쭈쭈야, 엄마가 잠만 자고 밥도 못 해서 미안해. 엄마가 이상한 병에 걸렸어. 할머니도 걸린 병이고 이모들도 걸린 병이야.'

아이가 두 번째 편지를 가지고 왔다. 그때 나는 겨우겨우 밥을 할 정도였다.

1) 기지개 켜기
2) 나 밥 주기
3) 내가 학교 가면 엄마 쉬기
4) 엄마 밥 먹고 내가 올 때 나 꼭 안아주기

지나치게 감각이 예민해졌다. 소리나 빛을 견딜 수 없었다. 갑자기 세상의 모든 소리가 고통스러워졌다. 문을 열고 닫는 소리, TV 소리, 발걸음 소리……. 남편을 붙잡고 매일 울었다. 이비인후과에 갔지만 의사는 청력에 아무 이상이 없다고 했다. 그러면서 귀마개를 꽂고 생활해보라고 권했다.

"의사소통은 종이에 적어서 해보세요."

그렇게 한 달을 지내자 거짓말처럼 TV에서 나는 소리가 고통스럽지 않았다. 나는 귀마개를 빼고 거실로 나갔다. 만화영화를 보는 아이를 꼭 껴안고 속삭였다.

"엄마 이제 안 아파. 그동안 엄마 때문에 힘들었지?"

"그럼 다시는 아프지 않는 거야?"

"그럼, 그럼. 약속해."

우리는 손가락을 걸었다. 나중에 정신과에서 진료를 받을 때 소리를 참지 못하는 것도 우울증 증세 중 하나라는 걸 알았다.

아이와의 약속은 지키지 못했다. 얼마 안 가 마치 췌장암에 걸린 것처럼 등 통증이 더욱더 심해졌다. 가슴이 벌렁대고 불안했다. 숨을 쉴 수가 없었다. 꼬박 밤을 새우다 보니 아침이 되면 지쳐서 일어나지 못했다. 눈을 감은 채 누워만 있었다. 병원에서 종합검진도 받았지만 아무런 문제가 없었다.

그러던 어느 날 의사가 정신과 병력이 있느냐고 물었다. 스물세 살 때 우울증을 앓았다고 말했다. 의사는 우울증은 신체적 증상으로도 나타난다며 신경정신과에 가서 우울증 치료를 받으라고 했다. 의사의 소견에 따라 신경정신과에서 심리테

스트를 하고 심리상담도 받았지만 효과가 없었다. 고통이 계속되었다.

신경정신과 의사는 첫 발병 후 재발을 막기 위해서는 항우울증 약을 계속 먹었어야 했다고 말했다. 뒤늦게 약을 처방받았다. 그때 이후로 지금까지 나는 항우울증 약을 먹는다.

담배와 우울증

서른 살에 우울증이 재발했을 때 여의도 성모병원에 입원했다. 살아오면서 입원한 여러 병원 중에 나는 여의도 성모병원을 가장 좋아했다. 공동실에서 아무 때나 담배를 피울 수 있기 때문이었다. 병원의 한 간호사가 자랑스럽게 말했다.

"공동실에서 담배를 피울 수 있는 곳은 우리 병원뿐이에요. 흡연은 물론이고 피아노도 칠 수 있고 영화도 볼 수 있고요. 식사도 다른 병원보다 좋지 않나요? 저희 간호사도 여러분들과 같은 밥을 먹어요."

간호사의 말이 맞았다. 실내에서 담배를 피울 수 있는 곳은 여의도 성모병원이 유일했다. 다른 병원은 정신병동이 작아서인지 밖에 나가 담배를 피우게 했다. 일명 담배 산책. 인턴이 담배 피우는 사람들을 인솔해 병동 밖 흡연 구역으로 데려가곤 했다.

긴장과 불안 때문인지 우울증 환자들은 대부분 담배를 피운다. 여자 남자 할 것 없이 담배를 입에 물고 산다. 의사는 우울증 환자의 흡연을 제지하지 않는다. 하지만 술은 완전히 금지다. 알코올로 입원하는 환자들이 의외로 많은데, 사실인지 협박인지 모르겠지만 의사는 항우울증 약과 술을 함께 먹으면 죽을 수도 있다고 말한다.

왜 저입니까

스물세 살에 첫 입원을 한 이후로 지금까지 모두 열한 번 입원했다. 고려병원, 여의도 성모병원, 일산 백병원에서는 아홉 번…….

그런데 왜 나일까? 욥은 절망에 가득 차 울부짖으며 하느님께 말했다.

"주여, 저는 이제 아무 힘도 없습니다. 주의 뜻대로 하소서."

나는 침대에 누운 채 천장을 노려보며 욥만큼 절망적으로 부르짖었다.

"왜 저입니까? 아무리 유전이라 해도 왜 저여야 합니까? 꼭 저야 했습니까? 왜 우리 자매들입니까? 왜 대를 이어 조카들입니까?"

마치 피카소가 그린 〈게르니카〉의 인물들처럼.

세 친구

우리는 셋 다 마음의 상처가 깊었다. 아마 그래서 친해진 건지도 모르겠다. 나와 두 친구는 대학 1학년 때 만나 아주 오랜 시간을 함께했다. 트라우마⋯⋯. 우리 셋은 모두 트라우마를 가지고 있었다.

한 친구가 코끝이 발개지더니 눈물을 흘렸다.

"내가 배 속에 있을 때 엄마가 날 없애려고 했어. 아버지가 바람이 났거든. 간장도 먹고, 산에서 구르기도 했대. 어떤 심리학자가 그러더라. 복중의 9개월 동안에 그 아이의 정신적, 육체적 상태가 다 결정된다고. 또 우리는 기억하지 못하지만 대여섯 살까지의 경험이 이후의 삶을 좌우하기도 한대."

우리는 술에 취해 담요를 하나씩 뒤집어쓰고 각자 자신의 비밀을 털어놓았다. 모든 비밀은 자신의 입에서 나온다. 우리는 자매 같은 사이였고, 각자의 비밀을 거래했다.

"난 말이야. 다른 트라우마는 다 극복했는데 강간만은 극복하지 못했어. 중학교 때 교회 오빠들한테 당했어. 그것도 세 명한테. 이런 이야기도 너희한테 처음 하는 거야."

다른 친구의 말에 우리는 입을 틀어막으며 울었다. 참으로 이상한 건 가장 가까이에 있는 사람, 사랑하는 사람에게서 가장 많은 상처를 받는다는 것이다.

나의 트라우마는 성추행이다. 열 살 때. 팬티 두 장에다 빨간 내복, 그 위에 쫄쫄이 바지를 입어도 소용없었다. 밤새 저항하다 잠이 들었고, 어렴풋이 정신이 들면 어김없이 그 손이 내 안으로 들어와 있었다. 아침마다 속으로 울면서 깨어났다. 그 불쾌감…… . 나는 소리 없이 울면서 일어나 옷을 입었다.

몇 년이 흐른 어느 날, 친구는 500만 원을 들고 와 그 돈으로 상담치료를 받겠다고 했다. 친구가 물었다.

"의사나 상담사를 만나려면 어떻게 해야 해?"

친구는 내가 우울증으로 힘들어한다는 걸 알고 있었다.

"어린 시절에 당한 건데도 분노가 점점 증폭돼. 아이들에게도 감정적으로 대해. 남편에게는 말할 것도 없고. 이걸 해결하지 않으면 난 폐인이 될 거야."

"……."

"근데 또 웃긴 건 남편이 알게 될까 봐, 아이들이 커가면서 눈치챌까 봐 두려움에 떤다는 거야. 그 사실이 알려지면 난 버려질지 몰라."

성폭력은 인간의 영혼을 소멸시키고 자존감을 떨어뜨린다. 그 충격과 상처는 영혼을 자라지 못하게 한다. 자존심마저 사라지게 만든다.

한 친구는 다 죽이고 싶다고 잭나이프를 꺼내 보여주기도 했다. 언제든 눈에 띄면 죽여버릴 거야, 친구는 그렇게 말하며 울음을 터뜨렸다. 그 친구는 결혼을 하지 않았다. 남자에 대한 기피증 때문이었다.

미투운동이 벌어져도 여전히 뉴스에서는 성폭력 사건이 끊이지 않고 보도된다. 친아빠가 딸을 성폭행하고, 목사가 어린 여신도를 성폭행했다. 3년 동안 데이트 폭력으로 100명이 넘는 여자가 죽었다. 단지 헤어지자는 말을 했을 뿐인데……. 그리고, 그리고…… 일일이 열거할 수가 없다. 성폭력 피해 여성 40명 중 한 명이 자살을 한다는 통계도 있다.

오스카 와일드는 말했다. 남자들은 자신의 과거를 하얗게 불태워야 한다고. 양심 때문에 과거를 없던 일로 하는 건 웃기는 일이다. 잘못을 했으면 벌을 받아야지.

그날, 술에 취해 담요를 하나씩 뒤집어쓰고 각자의 비밀을 털어놓았던 그날, 우리는 합창하듯 외쳤다.

"그런 놈들 때문에 더 이상 우리의 인생이 무너질 수는 없어!"

그러나 과연 그런가. 나는 여전히 아프다. 친구들도 아프다.

나의 조카, 배우 최진실·최진영

2008년 10월, 범국민적인 사랑을 받던 배우이자 둘째 언니의 딸인 최진실이 자살했다. 그때도 나는 일산 백병원의 정신병동에 입원해 있었다. TV에서는 하루 종일 조카의 장례식이 보도됐고, 사람들의 시선이 온통 거기에 쏠려 있었다. 나는 의사에게 사정을 말하고 외박을 허락받았다.

남편이 가져온 검정 슈트로 갈아입은 뒤 장례식장으로 향했다. 진영이가 상주가 되어 울며 문상객을 맞이했다. 나는 진영이를 안으며 어떡하니, 어떡하니라는 말만 했다. 둘째 언니도 넋 나간 얼굴로 울기만 했다. 나는 박완서 선생님이 쓴 책 『한 말씀만 하소서』와 성경, 불경이 든 가방을 들고 언니에게로 갔다.

조카의 자살은 사회 전체를 충격에 빠뜨렸다. 다시 병원으로 왔을 때 의사가 말했다. 그는 흥분해 있었다.

"지금 외래환자들이 난리도 아니에요. 그렇게 돈도 많고 예쁘고 유명한 사람이 자살을 했다면서 자기도 죽어버리겠다고 하는 거예요. 정신과 의사들끼리 베르테르 효과에 대해 심각하게 논의를 하고 있어요. 연예인도 이 병에 걸릴 수 있고, 아니 다른 직업인보다 더 잘 걸릴 수 있는 건데……."

모자 쓰고 선글라스를 끼고서라도 병원에 와 상담하고 약을 먹어야 하는데 왜 그러지 못하는지, 의사는 안타까워했다. 본인이 망설이면 주위의 식구들이라도 변장을 시켜 병원에 데리고 와 치료받게 하고, 정 안 되면 입원이라도 시켜 그 고비를 넘기게 해야 한다고 말했다. 의사의 말이 맞는다.

"차 선생은 작가죠. 이번 책에서 우울증에 대해 밝힌 걸 봤어요. 자신도 우울증을 앓았고, 현재도 앓고 있다고 당당하게 고백했죠. 그걸 밝힌다고 해서 차 선생이 불리한 일을 당한 건 없잖아요. 나는 솔직히 연예인 중에서도 누군가 차 선생처럼 용감하게 나서주었으면 해요. 프로포폴을 몰래 맞지 말고요. 그 약은 수면제가 아니에요. 마취제지."

2008년 출간한 『자유로에서 길을 잃다』는 나의 우울증 체험을 소재로 쓴 소설집이다. 남편의 사업 실패로 우울증이 거

듭 재발했지만 나는 내 병을 잘 알게 되었고, 스스로 다스리는 방법도 알았다. 조카와 나의 가장 큰 차이점은 이것이 아니었을까. 자신의 병에 대해 모른다는 것과 안다는 것.

조카가 상담을 아예 안 한 건 아니었다. 내가 개인병원에 다닐 때 알게 된 의사에게 소개해 전화로 한 시간 동안 상담한 적이 있었다. 나는 의사에게 조카가 어떤 상태냐고 물어보았다.

"적극적으로 치료를 받으면 좋겠어요. 옆에서 잘 지켜보세요."

둘째 언니는 딸이 연예인 활동을 한 지난 20년간 행복했다고 했다. 아주 많이 행복했다고. 조카는 죽기 전에 느닷없이 이런 말을 해 나를 속상하게 만들었다.

"할머니 때문이야. 이게 다 할머니 때문이라고."

조카는 내가 권하는 우울증 치료를 거부했다. 상담치료를 하든지 약을 먹든지 아니면 나처럼 병원에 입원을 했다면 죽지 않았을지도 모른다. 그녀는 이혼과 사채업자라는 억울한 소문에 고통받았다. 우울해했다.

"이모, 왜 이렇게 아무 감각이 없지?"

늘 열정과 의욕에 불타 영화와 드라마를 촬영하고 활발하게 배우 활동을 하던 조카가 어느 날 그렇게 말했다. 조카는 주위에 사람이 많았지만 죽음을 막을 사람은 갖지 못했다. 아들딸을 두고 홀연히 저세상으로 가다니…….

이혼을 하고 돌아와 조카가 탄식을 했다고 한다.

"겨우 요만큼 살려고 그 난리를 쳤나!"

조카의 남편은 일본에서 결혼해주지 않으면 죽겠다며 약을 먹었다. 친구들이 병원에서 조카에게 전화를 걸어 사실을 알렸다. 양가의 반대가 심했지만 결국 둘은 결혼했다.

진실이가 떠나고 2년도 채 안 돼 진영이가 우울증으로 목숨을 끊었다. 둘은 우애가 깊었다. 진영이는 누나를 잃은 상실감과 가장으로서의 부담감에 극단적인 선택을 한 것이다. 언니는 또 오열했다.

언니는 두 번째 엄마 노릇을 해야 했다. 그러다 진실이의 전남편이자 스포츠 스타인 아이들의 아빠가 엄마와 같은 길을 갔다. 두 아이는 장례식장에서 똑같이 말했다. 누가 써준 것처럼.

"아빠. 잘 가. 천당에서 엄마랑 행복하게 살아."

"아빠. 잘 가. 천당에서 엄마랑 행복하게 살아."

아이들이 불쌍했다. 엄마와 외삼촌 그리고 아빠마저…….

그때도 나는 정신병동에 입원해 있었다. 회진 시간에 의사가 내게 오더니 말했다.

"지금 정신과 의사들이 다들 놀라워하고 있어요. 두 아이가 아무 감각도 감정도 없이 똑같이 말하는 게…… 울어야 하는데……."

그 정도로 아이들은 무표정하고 무감각했다.

언니의 애통은 이루 말할 수가 없었다. 그 어떤 말로 언니를 위로할 수 있을까. 아마 언니는 산발을 한 채 폭풍의 언덕에 올라 비바람을 맞고 있는 심정이지 않았을까.

"불효막심한 것들! 이럴 거면 20년 동안 행복을 주지나 말지!"

울고 있는 언니에게 나는 불경에 나오는 죽음에 대해 얘기해주었다.

어떤 여인이 자식이 죽었다며 부처를 찾아와 울었다. 부처는 사람이 죽지 않는 집을 찾아 소금을 얻어 오라고 했다. 그러면 죽은 자식을 살려주겠다고. 여인은 빈손으로 왔다. 부처가 말했다. 자, 이제 슬픔을 거두어라.

설화가 하나 떠올랐다.

부부가 어느 날 산에서 꿩 한 쌍을 잡아 맛나게 먹었다. 오랫동안 아이가 없는 부부였다. 그런데 그 후 부인이 아이를 가졌고, 딸과 아들을 낳았다. 아이들은 기특하게도 속 한번 썩이지 않고 컸다.

그런데 딸이 좋은 집으로 시집가는 날 갑자기 피를 토하고 죽었다. 곧이어 장원 급제해 집으로 돌아오던 아들이 말에서 떨어져 죽었다. 효녀 효자가 한꺼번에 죽자 부부는 어떻게 이런 일이 있을 수 있는지 하늘을 원망하며 슬픔과 비통함에 잠겼다.

"그렇게 죽을 거면 말썽이라도 부리지! 아니 태어나지도 말지!"

부인이 산발을 한 채 울부짖었다.

"불효막심한 것들!"

남편이 소리쳤다.

그때 지나가던 스님이 부부를 보고는 한마디 했다.

"너희들이 죽인 꿩이 환생해 너희들에게 온갖 기쁨을 주고는 죽는 걸로 복수를 한 것이니 너희들의 업보로 알고 슬픔을 거두어라."

무서운 설화다.

우울증은 어디에서 오는가

우울증이 생기는 데는 유전적 요인이 크다. 내 경우처럼, 내 가족처럼, 헤밍웨이처럼. 마치 신의 저주를 받고 태어난 듯하다. 유전적 요인은 가벼운 우울증보다 심한 우울증에서 더 많이 나타나고, 나이가 많은 사람보다 젊은 사람의 발병에 더 크게 영향을 끼치는 경향이 있다.

그다음으로는 성격적 요인이 크다. 일반적으로 완벽주의적인 성향을 가진 사람이 그렇지 않은 사람보다 더 위험하다. 타인과 자신의 불완전성을 용납하지 않는 성격과 그에 따른 분노가 우울로 이어지기도 하기 때문이다.

다음으로 가정환경적 요인이 있다. 어린 나이에 닥친 부모의 죽음이나 부재, 양육의 형태, 어린 시절 경험한 육체적 또는 성적 학대 등이 영향을 끼친다.

마지막으로 신경전달물질과 관련이 있다. 우리의 뇌는 수억 개의 신경세포로 이루어져 있다. 신경전달물질은 이 신경세포에 신호를 전달한다. 우울증을 얘기할 때 빠지지 않는 세

가지 중요한 신경전달물질이 세로토닌, 도파민, 노르아드레 날린이다.

의학적으로 증명된 바로, 우울증 환자는 뇌의 세로토닌 수 치가 낮다. 이유는 확실히 모르지만 결과는 그렇다. 의학자들 은 이런 신경전달물질의 농도가 낮아서 우울한 기분이 되는 것 인지, 우울증 때문에 이런 물질의 농도가 낮아지는 것인지 아 직 알아내지 못했다. 그럼에도 불구하고 항우울제는 이런 신경 전달물질의 농도를 높여준다. 선후 관계야 어쨌든 중요한 것은 우울증 환자의 세로토닌 수치가 낮다는 사실이고, 세로토닌의 수치를 높이는 항우울제를 먹어야 한다는 것이다.

세로토닌은 우리의 감정이 평정심을 갖게 만든다. 너무 들 뜨게도, 너무 가라앉게 하지도 않는다. 항우울제 복용 이외에 세로토닌을 원활하게 생성하는 방법은 햇빛을 많이 쬐는 것이 다. 햇빛 속에서 하는 운동이면 무엇이든 도움이 된다. 세로토 닌은 밤이 되면 멜라토닌으로 바뀌어 잠을 잘 잘 수 있게 한다.

쾌감을 불러오는 도파민, 어려운 처지에 있는 사람을 도울 때 기분이 좋아지게 만드는 노르아드레날린도 중요한 물질이 다. 기분은 우리가 살아가는 데 있어 어쩌면 가장 중요한 것일 지도 모른다.

3장
———

나는 소설가다

소설이라는 신세계

소설을 쓰는 것에 대해 편견이 있었다. 소설뿐 아니라 글을 쓴다는 것 자체에. 내게 글은 읽는 것이지 쓰는 것이 아니었다.

남편이 신문사에 다닐 때였다. 어느 날 그는 생뚱맞게도 내게 글을 써보라고 했다. 회사 사보에 '신혼일기'라는 꼭지가 있는데 한번 써보라고. 원고지 16매 분량에 불과했지만 나는 어떻게 써야 할지 몰라 머리가 아팠다. 마감을 하루 남겨놓고 두통약을 먹었다. 그런 뒤 밥상 앞에 앉아 꼬박 하루를 썼다. 이렇게 쓰는 게 맞나, 불안해하며.

반응은 놀라웠다. 생생하고 재미있다고 했다. 워싱턴과 파리, 도쿄의 특파원들이 전화를 걸어왔다. 남편 회사의 시사주간지 국장은 르포라이터로 나를 채용하겠다고 했다. 그런데 남편이 거절했다. 그때 처음으로 부부 싸움이라는 걸 했다.

"당신이 뭔데 내 사회 활동을 막는 거야?"

"곧 배가 남산만 해질 텐데…… 아이를 생각해."

남편은 첫아이 유산 때를 떠올렸나 보았다.

"일주일에 한 번 취재하고 쓰는 건데……."

아쉬웠지만 그쯤에서 포기했다. 그런데 며칠 후 어문각에서 출판한 한국문학전집이 집으로 배달돼 왔다. 남편이 말했다.

"차라리 소설을 써봐."

"소설?"

"응. 너는 재능이 있어. 쉬엄쉬엄 써봐. 나는 작가가 되지 못해서 기자가 됐어. 너는 할 수 있을 거야."

"내게 재능이 있었다면 대학에서 습작을 했겠지. 독서도 엄청나게 했을 거고. 내가 책을 읽은 건 중학교 때뿐이야. 그때 삼중당문고를 거의 다 읽었어. 하지만 기억이 안 나. 그저 지식에 목말라서 읽었을 뿐이니까. 뭔가를 쓰기 위해 읽은 게 아니라는 뜻이야."

"널 믿어. 조급해하지 말고 하루에 열 장씩 써봐. 정 싫으면 말고."

신혼 생활 내내 무언가 공허하고 답답했다. 늘 그렇듯 아이를 낳고 키우고 살림하고…… 그런 삶이 무서웠다. 싫었다. 그렇게 평생을 살고 싶지는 않았다. 그래서인지 아이를 낳고 산후우울증 때문에 힘들었다. 음식을 먹지 못했다. 잠도 자지 못했다. 아이가 의무감으로 다가왔다. 다시 정신과 약을 먹었다. 아이를 엄마에게 맡기고 자주 이화여대로 갔다. 빈 강의실에서 여러 작가의 작품을 필사하며 꾸벅꾸벅 졸기도 했다. 해 질 녘이면 집으로 와 아이를 업고 밥을 하면서 기도했다.

'신이여. 평생 노력하며 할 수 있는 일을 주세요. 아이 키우고 살림하는 그런 일 말고요.'

본격적으로 소설을 읽기 시작한 것도 그 무렵이었다. 이청준의 「벌레 이야기」는 충격적이었다. 인생의 반전! 내가 대학에서 철학을 전공해서 더 그렇게 느껴졌는지도 모르겠다. 오정희의 「저녁의 게임」, 김승옥의 「무진기행」, 카뮈의 『이방인』도 놀라웠다. 일일이 열거할 수 없을 정도로 충격적이었다. 마치 신세계에 발을 들여놓은 것 같았다.

머리 위로 세상의 모든 별들이 떨어지는 듯 전율했다. 도스토옙스키의 『죄와 벌』과 박경리 선생님의 『김약국의 딸들』을 읽고 나서는 처음으로 내가 소설을 쓴다면, 하고 생각했다. 나는 우울증 유전자를 가지고 태어난 내 자매들, 그리고 나에 대해 쓰고 싶었다. 무섭도록 슬픈 이야기를.

소설가가 되다

문창과도, 국문과나 독문과도 나오지 않은 나는 어디서 어떻게 글쓰기를 배워야 할지 몰랐다. 엄마에게 아이를 맡기고 문화센터에 갔다. 남편이 소설을 써보라고 했지만 당장 내 마음이 움직인 것은 아니었다. 여전히 나는 르포라이터가 되고 싶었다. 아니, 더 정확하게는 직업을 갖고 싶었다. 하지만 르포라이터반은 수강생이 많지 않아 폐강되었다. 허탈해하며 돌아서는데 옆 강의실에 소설반이라고 쓰인 것을 보았다. 할 수 없이 필명으로 등록하고 소설작법반을 다녔다. 그마저 복잡한 인간관계 때문에 힘이 들었다.

다른 문화센터로 옮겼다. 그곳에서 나는, 내 문학에 있어 너무나 소중한 분들인 유재용 선생님과 전상국 선생님을 만났다. 두 분은 3개월 동안 나를 가르쳤다. 유재용 선생님은 낮은 목소리로 당신의 삶을 이야기하곤 했고, 그러면 우리는 배를 잡고 웃었다. 나중에 선생님이 돌아가셨을 때 나는 우울증 때문에 장례식에서 국화 한 송이 올리지 못했다.

습작을 시작한 지 3년의 시간이 흐르고 전상국 선생님이 작품 하나를 읽어보고는 투고를 하라고 권하셨다. 나는 문예지와 신춘문예에 소설을 투고하기 시작했다. 1994년, 마침내 『소설과 사상』으로 등단했다. 내 나이 서른두 살 때였다. 소설 제목은 「또 다른 날의 시작」. 조남현 교수님이 뽑아주셨다.

다음 날 내 소설이 실린 책을 가지고 곧장 엄마와 아버지에게 갔다. 두 분은 믿기지 않는 듯 내 사진을 보고 또 보았다.

나는 이제 주부가 아니라 소설가다!

'하느님, 제 소원을 들어주셔서 감사합니다. 소설 쓰기는 중노동이라고 하는데 저에게 건강을 주십시오.'

나는 또 그렇게 빌었다.

은퇴가 없는 직업

평생 노력하며 할 수 있는 일을 달라고 한 내 소원은 이루어졌다. 아버지가 제일 기뻐하셨다. 엄마는 넌 한다면 하는 애지, 말하며 기쁜 표정으로 활짝 웃었다. 대학에 합격했을 때보다 더 좋아하셨다. 처음이었다. 부모님이 내 일에 그토록 기뻐하신 것은.

상금은 없었고, 대신 받은 원고료의 반을 부모님께 드렸다. 나머지 반은 남편에게 주었다. 나를 낳아주신 부모님과 나의 재능을 알아봐준 남편에게 주는 선물이었다. 첫 원고료를 받은 그날, 일찍 퇴근한 남편과 아이와 함께 외식을 했다. 아이가 제일 좋아하는 숯불돼지갈빗집으로 가서 양껏 먹었다. 그날 밤 나는 또다시 속으로 외쳤다.

'나는 이제 전업주부가 아니다. 소설가다. 나는 평생 최선을 다해 소설을 쓸 것이다. 나는 은퇴가 없는 직업을 갖게 되었다. 간절히 바라면 소원이 이루어지는 모양이다. 감사합니다, 하느님. 감사해, 남편.'

예술가는 두 번째

소설가가 된 나를 보고 친구들은 모두 놀라워했다. 당연하다. 사실 나도 놀랐다. 초등학생 때부터 대학을 졸업할 때까지 소설은 내 세계에 전혀 들어와 있지 않았다. 나는 철학자가 되고 싶었다. 지적 욕구가 강했다. 절대적 진리가 아닌 상대적 진리를 이해해야 하는 공부가 나를 끌어당겼다. 그렇다 하더라도 모든 진리는 결국 하나로 통한다. 모든 길이 로마로 통하듯.

대학 때 지도 교수였던 황필호 교수님이 늘 말씀하셨다.

"철학자가 세 번째면, 두 번째는 예술가고, 종교인이 첫 번째다."

나는 세 번째가 되고 싶었으나 어쩌다 보니 두 번째가 되었다.

글을 써야 한다는 강박

13년…… 나는 13년 동안 제대로 글을 쓰지 못했다. 병으로 세월을 낭비했다. 어쩌면 내게 그 세월은 업장 소멸을 이루는 시간이었을지도 모르겠다. 살아오는 동안 겪은 수많은 사건들, 그 와중에 만나고 헤어진 사람들, 고맙고 보고 싶고 그리운 사람들, 밉고 싫고 잊고 싶은 사람들…….

과거를 떠올리자 너무 고통스럽다. 고통을 잊기 위해 일단 잠을 자기로 한다. 고통스러울 땐 잠보다 좋은 게 없다. 약을 먹는다. 당연한 수순처럼 두통이 찾아온다. 일반적인 두통이 아닌 누군가 두 손으로 머리를 꽉 누르는 것만 같은 통증. 정신과 약에 의존하는 잠은, 잠이 들기까지 육체적 고통도 함께 따라온다. 자연적인 잠이 아니므로. 그걸 알면서도 나는 약을 먹는다.

약은 공복에 더 잘 퍼진다. 그래서 가능하면 빈속에 약을 먹는다. 서서히 머릿속의 생각이 사라지면서 기절하듯 잠을 자게 된다. 옆에서 폭탄이 터져도 모를 인공적인 잠이다. 다음 날 일어나 화장실에라도 갈라치면 온몸에서 식은땀이 난다. 마치 원고 마감을 하루 앞둔 밤처럼. 한 문장도 쓰이지 않은 노트북 위 푸른 화면의 공포처럼.

이런저런 생각을 하는 것이 너무 괴롭다. 게다가 소설을 써야 한다는 강박이 나를 불안하게 만든다. 올해 안에 장편소설을 써서 글빚을 갚아야 한다. 내 상태도 생각지 않고 덜컥 계약을 한 것이 후회스럽다. 하지만 그땐 한 달에 760만 원씩 이자를 내야 해서 돈이 필요했다. 여기저기서 돈을 빌리며 상처를 많이 받았다. 다신 돈을 빌리지 않겠다고 이를 악물었다. 그렇게 한 계약이 돌고 돌아 이제 내 목을 옥죄고 있다.

아프고 가난하고 외로운 은둔자

9년 만에 어렵게 완성한 원고를 출판사에 넘겼을 때다. 원고가 되돌아왔다. 이유는 두 가지였다. 하나는 소설의 배경이 1980년대라는 것이고, 다른 하나는 등장인물인 여자들의 나이가 많다는 것이었다. 게다가 내 소설에는 고물 노트북 때문에 오타도 많았다. 그들은 현재 출판계가 불황인데다 트렌드가 바뀌었다고 했다. 나는 충격을 받았다. 오랜 세월 문단에 나가지 않았고, 작가들과의 교류도 없었기 때문에 트렌드가 어떻게 바뀌었는지 전혀 알지 못했다.

13년 전 같았으면 충격으로 이불을 뒤집어쓰고 앓다가 결국 일어나 다시 썼을 것이다. 내 나이의 작가들이 쓰곤 했던 스물에서 서른 살의 여성을 주인공으로, 가부장제 아래에서 방황하다 일탈을 하는 그런 내용, 혹은 서정적인 연애소설을. 그러나 그때는 도무지 새로 쓸 엄두가 나지 않았다.

사람을 만나지 못하는 건 건강에 나쁘다. 몸도 마음도 아프다. 나는 혼자 있으면서 늘 사람을 만나고 싶었다. 일상적인 이야기가 아니라 내가 느끼는 것, 생각하는 것, 그리고 소설에 쓸 에피소드 등을 말하고 싶었다. 무엇보다 내가 쓰고 싶은 소설에 대해 얘기하고 싶었다.

나에게 사건이라는 것이 일어났으면 좋겠다고 생각했다. 그럼 기억해야 할 일이 생기는 것이니. 기억이 소설가에게 얼마나 중요한지는 긴 설명이 필요하지 않을 것이다.

13년 동안 나는 만성 우울증으로 아무 의욕도, 예술가에게 절대적으로 필요한 열정도 없었다. 13년의 공백은 그렇게 해서 생겼다. 열정이 없다는 것은 내게 있어 살아 있는 것이 아니었다. 나는 내 우울증을 저주했다. 뿐인가. 이혼, 아들의 방황, 월세 보증금 천만 원이 전 재산인 경제 상황도 저주했다. 나아질 희망은 보이지 않았다.

한 친구는 내게 환경미화원이나 도우미 일을 해서라도 먹고살라고 하지만 이놈의 우울증은 아무 일도 하지 못하게 만든다. 하지 않는 것이 아니라 할 수 없다. 그저 소파에 멍하니 앉아 있거나 먹거나 때로는 내면을 들여다보다 잠들 수 있을 뿐이다. 마음만 괴롭다. 이렇게 생각은 또 돌고 돈다.

　나는 아프고, 가난하고, 외로운 은둔자다. 인생이 씁쓸하다. 인생이 쓰다는 걸 알면 쓰디쓴 소주를 마신다고 한다. 나는 매일 안주도 없이 소주를 마신다. 투명한 소주는 쓰다. 술도 쓰고 내 인생도 쓰다.

　사실 나는 소설가가 되면 더 이상 우울증을 앓지 않을 줄 알았다. 왜 그런 생각을 했는지는 모르겠다. 평생 최선을 다해 소설을 쓸 거라 다짐했는데, 지금의 나는…… 나는 아프고, 가난하고, 외로운 은둔자일 뿐이다. 인생이 씁쓸하여 오늘도 쓰디쓴 소주를 마신다.

　알콜릭이 되려면 두 가지 요소가 있어야 한다. 적게든 많게든 매일 마신다. 혼자 마신다. 이 두 가지가 성립되면 알코올 중독자가 된다. 술친구가 있는 것은 행운이다. 나도 술친구를 가져야겠다. 알코올 중독자가 되지 않으려면.

내 문학의 어머니, 박경리 선생님과 김영주 선생님

　박경리 선생님의 팔순 잔치에서 나는 한복을 입고 큰절을 했다. 그리고 쇼핑백을 선생님께 드렸다. 그 안에는 등을 긁는 효자손, 사혈침, 장갑 두 켤레, 겨울 숄이 들어 있었다. 장갑은 연보라색과 진보라색으로 골랐다. 선생님은 그중에서 연보라색이 마음에 든다고 하셨다.

　강석경 선배님은 은으로 만든 고양이를 선물했다. 선생님에 대한 사랑이 깊으셨나 보다. 선생님은 특히 고양이를 좋아했다. 한번은 고양이 한 놈을 혼냈는데 일주일 동안 보이지 않다가 쫄쫄 굶은 상태로 기어 들어왔다고 했다.

　"자존심이 강해. 고양이는 자존심이 강해서 좋아."

　그 말씀에 나도 덩달아 고양이를 좋아하게 되었다. 공원의 길고양이를 보니 선생님 생각이 난다. 그립고, 보고 싶다.

하루는 박경리 선생님이 나와 남편을 횟집으로 데려가셨다. 그리고 이런저런 이야기 끝에 흘러가는 말처럼 말씀하셨다.

"차 선생, 무슨 병인지 모르겠지만 문학으로 이겨내야 해."

나는 고개를 떨어뜨렸다. 잠깐 틈을 두었다가 선생님은 다시 남편에게도 나를 잘 돌봐주라고 당부하셨다.

"네, 그러겠습니다. 당연하죠. 이 사람 재능을 제일 먼저 알아본 것도 저인걸요?"

남편이 씩씩하게 대답했다. 조금은 과장된 목소리로. 가라앉은 분위기를 띄우겠다는 듯.

"차 선생의 소설은 대담해."

선생님이 말씀하셨고, 나도 모르게 내 눈에 눈물이 고였다. 나는 입안의 회를 씹지도 못하고 선생님을 바라보았다.

내가 토지문화관에 머물 때도 박경리 선생님은 여러모로 신경을 써주셨다. 따님인 김영주 선생님은 녹두죽을 쒀 직접 내 방까지 가져다주기도 했다. 내가 다시 집으로 돌아온 후에는 근처에 살던 김영주 선생님이 백화점 뷔페로 나를 불러 밥을 사준 적도 있었다. 그때 선생님은 옥으로 만든 목걸이와 팔찌를 내게 주었다.

"옥이 마음의 병이 있는 사람에게 좋다고 해. 꼭 하고 다녀."

이후 몇 년간 나는 선생님이 준 목걸이와 팔찌를 하고는 마음이 내 마음이 아닐 때 그걸 만지작거리면서 중얼거리곤 했다. 이 순간을, 이 고비를 넘기자, 이 또한 지나간다.

또 선생님은 백두산 할아버지라는 분을 소개해주기도 했다. 남편인 김지하 선생님과 아들들도 그분에게 치료받은 후 나았다고 했다. 백두산 할아버지의 치료 이야기를 담은 책을 건네주며 선생님이 말했다.

"이 책은 아무에게나 주지 않아. 잘 읽어봐. 차 선생도 얼른 나아야지."

나는 집으로 돌아와 곧장 책을 읽기 시작했다. 그리고 며칠 뒤 남편과 함께 백두산 할아버지를 찾아갔다. 정말 놀라운 광경은 우리가 새벽 다섯 시에 도착했는데도 거실 가득 환자들이 앉아 차례를 기다리고 있었다는 것이다. 나중에 안 사실이지만 그건 어느 하루의 특별함이 아니라 매일의 일상적인 풍경이었다. 24시간 환자들로 가득한 거실. 어쩌면 환자들이 그만큼 절박하다는 뜻인지도 몰랐다. 여러 병원을 거쳐 마지막으로 들르는 곳, 마지막으로 희망을 품어볼 수 있는 곳, 어쩌면 마지막 진료……. 그런 간절한 마음들이 모여 24시간 환자들로 북적이는 거실 풍경을 만들어냈을 것이다.

남편과 나는 오랜 시간을 기다린 끝에야 겨우 백두산 할아버지를 만날 수 있었다. 또 하나의 놀라운 광경. 할아버지는 연세가 너무 많아 누워서 환자의 맥을 짚었다. 앉아 있을 힘조차 없음에도 한 사람이라도 더 살리고자 환자를 본다는 것이었다. 절로 마음이 경건해졌다. 김영주 선생님의 소개로 왔다고 하자 할아버지는 더 각별히 나를 살펴주었다.

나는 한동안 그곳에 다니며 치료를 받고 조제해주는 약을 먹었다.

박경리 선생님이 돌아가시고 문상을 갔을 때 김영주 선생님은 나를 꼭 안고 말씀하셨다. 1년 동안 너무 아팠다고. 아픈 어머니 곁을 지키다 보니 당신도 아팠다고. 나도 선생님을 꼭 안으며 마음속으로 말했다.

'저도 알아요. 어머니가 돌아가셨을 때 저도 아팠어요. 마음도 몸도 너무 아파서 일은커녕 말조차 할 수 없었어요.'

선생님이 그립다. 올해는 꼭 가서 뵈어야지, 생각하지만 몸과 마음이 성치 않은 상태로 가면 선생님께 누가 될까 봐 한 해 두 해 자꾸만 미루게 된다. 그러다 보니 이제는 선생님께 가는 일이 태산을 넘는 것처럼 너무 어려워져버렸다.

박완서 선생님과의 선문답

한때 나는 박완서 선생님과 같이 토지문화관에 있었다. 선생님은 어느 날 박경리 선생님과 귀촌한 어느 교수의 정원에 다녀왔다고 했다. 정원이 온갖 색의 꽃들로 잔치를 벌이더라고 하시며 수줍게 웃었다.

"나는 꽃들이 너무 예쁘고 좋은데 박경리 선생님은 아닌가 봐. 그러시는 거야, 나는 나무가 좋아!"

그 말은 두 분의 성격을 여실히 보여준다. 나도 나이가 드니 나무가 좋아진다. 몇 십 년, 몇 백 년 동안 한자리에 있으며 봄, 여름, 가을, 겨울로 옷을 갈아입는 나무. 아무 곳에도 갈 수 없지만 인간보다 더 오랜 세월을 겪는……

어느 날 내가 선생님께 물었다.

"선생님, 어쩜 그렇게 소설을 잘 쓰세요?"

"……."

"비결 좀 알려주세요."

"뭐, 비결이 있나. 고치고 고치고, 또 고치는 거지."

"계속 고치면 언제 끝내요?"

"질릴 때까지. 다시는 들여다보기 싫을 때까지."

"한 번 고쳤는데 질리면요?"

"그 한 번을 반복해. 1 곱하기 1은 영원히 1이니."

뒤늦은 대답

어느 해던가, 우울증이 심해져 중환자실에 입원했을 때 원고 청탁 받은 걸 잊어버리고 말았다. 서른 살 이후로 자주 우울증이 재발해 정상적인 사회생활을 하기가 힘들었다. 기분장애 때문에 건망증도 심해졌다.

중환자실에서 일반 병실로 옮긴 뒤 막 휴대폰을 돌려받았을 때 전화가 왔다. 통화 버튼을 누르자마자 상대방이 말했다.

"선생님, 이제 전화를 받으시네요."

"누구……?"

상대방이 출판사 편집자라고 신분을 밝혔지만 전화한 용건을 알지 못했으므로 나는 대꾸하지 않고 가만히 있었다.

"전화 많이 드렸어요."

왜? 라는 생각이 잠깐 들긴 했으나 나는 또 침묵했다. 왜 그동안 통화가 되지 않았는지도 설명해야 했지만 길게 말을 하는 게 힘들어서 포기했다.

"선생님, 원고 마감 지난 지가 한참 됐어요. 오늘은 꼭 주셔야 해요."

"네?"

"오늘은 꼭 주셔야……."

그 순간 나는 웃음을 터뜨렸다. 이유는 없었다. 아니, 이유가 있었다. 기분장애 때문이었다. 나는 큰 소리로 웃으며 전화를 끊었다. 상대방이 왜 나한테 원고를 독촉하는지 알 수가 없었다. 그때 나는 기분장애를 겪고 있었을 뿐만 아니라 단기 기억상실 상태이기도 했다.

다음 날 또 전화가 왔다. 이번에는 출판사 주간님이었다. 비로소 나는 내가 엄청난 실수를 했다는 걸 알았다. 온몸의 피가 다 빠져나가는 것 같았다.

"문학상 시상식에서 봅시다."

주간님의 마지막 말, 노여워하는 목소리. 당연했다. 원고를 펑크 낸 것도 모자라 웃으면서 전화를 끊어버렸으니.

며칠 후 나는 불안에 떨며 문학상 시상식에 참석했다. 자낙스를 두 알이나 먹었지만 불안감은 가시지 않았고, 자칫하면 기절할 것만 같았다. 나는 흔들리는 정신을 간신히 부여잡고 방명록에 이름을 적은 뒤 눈으로 주간님을 찾았다. 사정을 설명해야 하는데…… 용서를 구해야 하는데……, 하지만 나는 한 발짝도 앞으로 나아갈 수가 없었다.

벌을 받듯 출입문 근처에 서서 동료 작가가 상을 받는 것을 지켜보았다. 그러다 돌아섰다. 관계를 회복해야 했지만 도저히 용기가 나지 않았다. 그때까지만 해도 나는 내 병을 숨기기에 급급했다. 아주 가까운 사이가 아니라면 절대 말하지 않았다.

오랜 세월이 지나 비로소 나에 대해 솔직하게 글을 쓴다. 소설에서의 '자전적인 요소'와는 비교가 되지 않을 만큼 있는 그대로의 나, 나의 우울증에 대해, 내가 살아온 지난날에 대해. 이 글이 주간님이나 편집자님께 대답이 되기를 기대한다.

우울증을 앓는 여성들

여성은 네 명 중 한 명 정도가 우울증으로 힘들어한다. 산후 우울증, 주부우울증, 빈 둥지 증후군 등. 그것은 여성이 사회와 단절되어 집안일을 도맡아 하는 것과 관련이 있다. 아무리 열심히 해도 티가 나지 않는 육아와 살림에 점차 의욕과 열정을 잃기 십상이다.

여성의 우울증은 생리적인 현상과도 무관하지 않다. 월경을 하는 동안은 매달 생리 전 우울증에 시달린다. 우울하고 불안하며 예민해진다. 생리증후군이 사라지면 갱년기가 온다. 여성 호르몬이 달라지면서 우울증을 앓는 것 같은 정서적인 고통이 찾아온다. 사춘기와 갱년기 중에 누가 이기나 내기를 하면 갱년기가 이긴다는 우스개 농담이 있다. 하지만 웃어넘길 일이 아니다.

나는 갱년기 증상 때문에 가정의학과를 찾은 적이 있는데 그곳에서는 정신건강의학과에 가볼 것을 권했다. 갱년기에는 여성 호르몬이 변하면서 불면증이 오고 온갖 일들이 다 신경에 거슬린다. 사는 게 공허하고 헛된 것 같다. 자신의 삶이 아무것도 아니라고 느끼면서 자존감이 바닥으로 떨어진다. 식구들은 아내나 엄마의 눈치를 본다. 그러나 본인은 여자로 태어나 살아간다는 것이 너무나 우울하다는 생각을 지우지 못한다. 이럴 때 가족들은 눈치만 볼 게 아니라 아내 혹은 엄마를 치료하기 위해 함께 노력해야 한다.

모든 인간이 그렇지만 특히 여성은 자신을 미워하지 말아야 한다. 또 가능한 한 사회적 활동을 하는 것이 좋다. 봉사활동도 괜찮다. 사람들 속에서 바삐 움직이며 자존감을 높이는 일이 필요하다. 한 친구는 결혼 생활 내내 우울증을 앓는 아내 때문에 힘들어했는데, 아내가 사회생활을 시작하면서 비로소 우울증에서 벗어났다며 기뻐했다. 몸을 많이 움직일수록 우울증에서 멀어질 확률이 높다. 마음의 근육을 단련시켜야 한다.

물론 기분이 들떴다 가라앉기를 반복하면 약의 도움을 받아야 한다. 기분장애는 며칠씩 침대에서 나오지 못하게 만든다. 간신히 나온다 하더라도 소파에 앉아 멍 때리기 일쑤다. 현관문이 코앞인데도 밖으로 나갈 엄두를 내지 못한다. 이럴 경우 의사의 처방에 따라 항우울제를 꼬박꼬박 먹어야 한다.

4장
———
예술가의 우울증

헤밍웨이의 기억

헤밍웨이가 생각난다. 나는 그를 좋아한다. 소설가로서 한 말이 마음에 들었다.

"나는 투르게네프를 가볍게 이겼고, 처절한 노력 끝에 모파상을 이겼다."

모파상은 나에게도 올라야 할 산이다. 그의 단편소설의 특징은 마지막에 생각지 못한 반전으로 끝난다는 것이다. 나는 반전이 있는 소설을 좋아한다.

헤밍웨이의 집안에는 우울증을 앓은 사람이 많다. 자살자도 많다. 유전에 의해서. 우울증은 다른 어느 병보다 유전적 요인이 크다. 나의 집안 내력이 그러하듯이.

그는 결국 우울증으로 자살했다. 마지막으로 남긴 말이 너무 슬프다.

"항정신성 약물은 내 문학의 전 재산인 기억을 잃게 만든다."

항정신성 약물이 그럴 수도 있지만 그 전에 먼저 우울증이 그렇게 만들기도 할 것이다. 뫼비우스의 띠가 떠오른다. 우울 증으로 글을 못 쓰고, 그 우울증을 고치기 위해 복용하는 항정 신성 약물 때문에 또다시 글을 못 쓰게 된다. 그는 끝나지 않 는 뫼비우스의 띠를 엽총으로 끊었다.

장 그르니에의 불안

    장 그르니에는 산문집 『섬』에서 불안에 대해 이렇게 썼다.

    "나는 하루에 세 번 무섭다. 해가 저물 때, 내가 잠들려 할 때, 그리고 잠에서 깰 때. 확실하다고 굳게 믿었던 것이 나를 저버리는 세 번⋯⋯."*

⋯⋯⋯⋯⋯⋯⋯

* 장 그르니에, 『섬』, 김화영 옮김, 민음사, 1997, 41쪽.

반 고흐의 자화상

　입원해 있는 동안 침대에 누워 빈센트 반 고흐의 화집을 보았다. 언제였던가, 세종문화회관에서 열린 고흐 전시회에 갔었다. 나는 전율했다. 그리고 그의 주요 작품이 담긴 엽서만한 화집을 샀다. 어느 날 TV에서 도사 같은 사람이 나와 해바라기가 돈을 불러들인다고 말했다. 해바라기에 그런 기운이 있다고? 나는 픽 웃었다.

　고흐는 10년 동안 그림을 그렸고, 습작까지 포함해 무려 2500여 점의 작품을 남겼다. 12점의 〈해바라기〉 그림 중 하나는 세계 미술품 경매시장에서 최고가로 팔렸다. 그가 그린 42점의 〈자화상〉은 전 세계의 미술관에 전시되어 있다. 그러나 살아생전에는 단 한 점의 그림을 팔았을 뿐이다. 그는 조울증으로 자살했다. 파란만장한 삶을 살다 죽었다.

나는 몇 년째 고흐의 그림을 보며 소설을 구상했다. 내용은
대충 이러했다.

한 정신과 의사가 고흐의 그림을 광적으로 좋아한다. 시간
이 날 때마다 그는 프랑스로 가 고흐의 그림 원화를 관람하곤
한다. 그러다 마침내 결심한다. 조울증 약을 가지고 고흐에게
로 가자고. 그의 친구는 물리학 박사다. 평생 시간 여행을 연
구했고 암암리에 성공하기도 했다.

그는 조울증 약을 챙긴 뒤 친구의 연구실에서 고흐가 살던
시대로 시간 이동을 한다. 그로 말하자면 중증 조울증 환자들
에게 전기치료를 하는 몇 안 되는 유능한 정신과 의사 중 하
나다.

도착은 성공이다. 술집이고, 마침 고흐는 자신의 그림을 전
시 중인 술집에서 독하고 싼 '녹색의 악마'인 압생트를 마시고
있다. 의사는 금화도 가지고 갔는데, 돈으로 환전할 수 있는
것은 어느 시대나 금이 최고라고 생각해서다. 그는 고흐에게
다가간다. 고흐의 얼굴은 어둡고 침울하다. 의사는 술을 산다.
그들은 그렇게 친구가 된다.

의사가 묻는다.

"다음에 그릴 그림은 뭡니까?"

"자화상이오."

고흐는 묻는 말에만 대답할 뿐 평소 말이 없다.

의사는 그에게 하루 세 번 조울증 약을 먹인다.

"정상적인 삶을 살 수 있는 약이죠. 더 많은 그림을 그릴 수 있어요."

고흐는 의사가 주는 약을 잘 받아먹는다. 그런데 그는 자화상을 그리는 족족 찢어버린다. 고흐는 절망한다. 예전처럼 그림이 그려지지 않는다. 고흐는 약을 거부하며 의사를 윽박지른다. 의사는 곤혹스럽다. 약은 얼마 남지 않았다. 고흐가 〈해바라기〉를 그린 후 〈자화상〉을 완성할 때까지만 잘 먹으면 된다. 그러나 광적이고 공격적으로 변한 고흐는 의사의 귀를 잘라버린다.

"네가 준 약 때문이야!"

"아닙니다. 이 약은 정상적인 생활을 할 수 있게 해주는 약입니다."

"내가 언제 정상적으로 살고 싶다고 말했어! 죽일 거야!"

한쪽 귀가 잘린 의사는 와이셔츠를 찢어 귀를 감싼다. 끊임없이 피가 솟구친다.

의사는 친구의 연구실에서 깨어난다. 눈을 뜨자마자 제일 먼저 귀를 만져본다. 멀쩡하다.

그는 서랍 속에 넣어둔 고흐의 그림을 꺼내 본다. 42점의
〈자화상〉은 점점 그를 닮아가고 있는 듯하다. 그는 친구에게
그림을 보여준다.

"어때, 날 닮은 것 같지 않아?"

"그렇게 보면 그렇고, 저렇게 보면 또 저렇게 보이기도 하
고……."

의사는 고흐의 실물을 보았다고 확신한다. 그는 〈자화상〉
중 한 점을 꺼내 정신과 의사인 친구에게 보인다.

"이건 영락없이 나야. 맞지?"

"무슨 말이야? 하나도 닮지 않았어. 자넨 귀도 멀쩡하잖아."

친구는 고개를 저으며 자신에게 정신분석을 받으라고 말한
다. 의사는 껄껄 웃으며 대꾸한다.

"필요 없네, 필요 없어."

앤드루 솔로몬의 '한낮의 우울'

미국의 작가 앤드루 솔로몬은 『한낮의 우울』에서 이렇게 썼다. 우울증에 걸린 사람에게 정상적인 생활을 요구하는 것은 두 다리가 잘린 채 알프스 산맥을 오르라는 것과 같다고. 또 우울은 사랑이 지닌 결함이라고도 했다.

그는 중증 우울증으로 고통받았다. 제약회사에 다니던 아버지가 그를 돌보았다. 아버지는 프로작이라는 약을 아들에게 주었다. 다른 약을 개발하려다 항우울제가 된 프로작을 그는 평생 먹을 거라고 했다. 그리고 자신을 두 번 태어나게 해준 아버지에게 감사의 글을 썼다.

버지니아 울프의 '자기만의 방'

버지니아 울프는 늘 그렇듯 자신의 우울증이 지나간다는 걸 알았지만 견디고 싶지 않았다. 남편에게 '미안해'라는 한 줄을 남기고 강으로 걸어 들어갔다. 그녀를 찾아냈을 때 외투 주머니에는 돌이 잔뜩 들어 있었다.

남편은 오열했다. 그녀는 더 이상 남편을 힘들게 하고 싶지 않았다. 어린 시절 의붓오빠에게 성폭행을 당한 후 그녀는 남자에 대해 혐오감을 가지게 되었다. 하지만 남편을 사랑했으며, 자신의 불행으로 사랑하는 남편이 더 이상 고통받는 걸 견딜 수 없었다.

열세 살에 어머니를 정신질환으로 잃고 그녀도 처음으로 정신질환 증세를 보였다. 그녀의 남편은 9년 동안 청혼을 했지만 거절당했다. 그러던 어느 날 긴 산책에서 돌아온 그녀가 드디어 청혼을 받아들였다. 하지만 조건이 있었다. 하나는 남편이 공직에서 물러나 자신을 돌보는 것, 또 하나는 부부 관계를 하지 않는 것이었다. 또 그녀는 여성이 글을 쓰려면 연간 500파운드의 돈(지금의 통화가치로 환산했을 때 4천만 원이 좀 넘는다)과 자기만의 방이 필요하다고 말했다.

그녀가 죽은 후 남편도 정신질환 증세를 보였다. 문을 열고 그녀가 들어오는 환영에 시달렸다. 그녀의 바람과는 달리 남편은 행복하지 않았고, 결국 아내의 환영으로 정신질환자가 되고 말았다.

링컨과 처칠

링컨은 자신이 세상에서 가장 슬픈 사람이라고 했다.
처칠은 자신의 우울증을 검은 개라고 불렀다.

로맹 가리의 '자기 앞의 생'

『새들은 페루에 가서 죽다』를 쓴 프랑스 작가 로맹 가리.
『하늘의 뿌리』로 공쿠르 상을 받고,『자기 앞의 생』으로 두 번
째 공쿠르 상을 받은 작가. 그는 "나는 마침내 나를 완전히 표
현했다"라고 말했으며, 우울증으로 권총 자살을 했다.

윌리엄 스타이런의 '보이는 어둠'

『소피의 선택』을 쓴 작가 윌리엄 스타이런은 '시노 델 듀카' 라는 문학상을 수상하기 위해 프랑스로 날아갔다. 상을 받은 그 날, 카페에서 친구들과 파티를 하는 와중에 그만 상금을 잃어버 렸다. 그는 친구들과 함께 카페를 뒤지며 상금을 찾았다. 상금 은 늘 갖고 다니는 창작 노트 안에 있었다. 그런 사건을 겪은 뒤 그는 가슴이 답답해 숨을 쉴 수가 없었다. 상금을 찾았는데도.

그는 하루빨리 미국으로 돌아가기 위해 남은 일정을 다 취 소했다. 하지만 미국에 와서도 고통스러운 감정 상태가 계속 되었다. 오후가 되면 가슴이 벌렁대고 불안했다. 그는 심리상 담사를 찾아 치료를 받았다.

소용이 없었다. 불안한 상태가 계속되자 절망에 빠졌다. 한 달이 지난 어느 날 밤에는 급기야 자살 충동이 일었다. 그는 창작 노트를 청테이프로 둘둘 말다가 아내를 깨웠다. 응급실로 갔다. 그리고 한 달 동안 존스홉킨스 대학병원에 입원해 치료를 받았다. 퇴원 후 자신의 우울증 경험을 글로 쓰고, 존스홉킨스대에서 강연도 했다. 『보이는 어둠』은 스타이런의 우울증에 관한 회고록이자 강연록이다.

그레이엄 그린의 글쓰기

영국의 대작가인 그레이엄 그린은 이런 말을 했다. "글쓰기는 치료의 한 형태다. 글을 쓰거나 작곡을 하거나 그림을 그리지 않는 사람들은 인간의 상황에 내재해 있는 광기, 우울증, 극도의 두려움을 어떻게 피하는지 궁금해지곤 한다"*고.

....
* 앤서니 스토, 『고독의 위로』(이순영 옮김, 책읽는수요일, 2011)에서 재인용.

우울증의 종류와 여러 증상들

우리나라 자살률이 OECD 국가 중 1위라고 한다. 하루 평균 38명, 1년으로 따지면 13,870명이 자살로 생을 마감한다 (2020년 통계). 자살의 원인으로는 보통 44퍼센트가 염세·비관이고, 그다음이 애정 문제, 가정불화 순이다.

우울증과 자살은 본인뿐 아니라 주변 사람들에게도 엄청난 충격을 준다. 자살자를 가진 가족이나 친구들을 자살생존자라고 부르는 이유다. 자살은 인적 손실일 뿐만 아니라 사회경제적 손실도 따른다. 그렇기 때문에 우울과 자살에 대한 사회적 관심과 이해가 높아져야 한다.

우울, 기분장애, 불안장애, 불면은 우울증의 주요 특징들이다. 특히 기분장애는 자살의 가장 주된 원인이기도 하다.

단극성 우울증과 양극성 우울증

기분장애에는 단극성 우울증과 양극성 우울증이 있다. 단극성 우울증은 조증 없이 우울감이 끝까지 끌어올려진 후 다시 정상으로 돌아오는 장애를 뜻하고, 양극성 우울증은 조증 또는 경조증과 같은 고조된 기분과 우울한 기분이 반복되는 장애를 뜻한다.

단극성 우울증은 보통 상황적 우울증이라고도 하는데 주로 생활사건이나 상황의 변화에 의해 유발된다. 생활사건이란 사랑하는 사람의 상실 또는 죽음, 실직이나 이직, 이사 등을 말한다. 만성질병, 건강하지 못한 관계, 가난이나 경제적인 걱정, 외모에 대한 열등감 등도 포함된다. 환경적인 요인으로는 재산상의 커다란 손실, 남편의 외도, 자녀의 죽음, 학대 경험 등이 있다.

양극성 우울증일 경우 세로토닌 수치가 어떨 때는 높고 또 어떨 때는 낮다. 이럴 땐 심리상담을 받고, 항불안제, 항우울제, 수면제 같은 약도 어느 정도 먹어야 한다. 다시 한 번 강조하자면 우울증은 강한 유전적 요인을 갖고 있을 뿐 아니라 세로토닌, 노르아드레날린, 도파민과 같은 주요 신경전달물질의 이상과도 관련이 있다. 한방에서는 우울증을 자율신경실조라고 부른다.

내가 가장 두려워하는 것은 뇌의 기능장애다. 뇌에서 기억을 저장하는 영역과 불안·우울과 같은 감정적 상태와 기분을 조절하는 영역의 기능장애.

뇌 기능장애를 일으키는 우울증은 영아기 때 적절한 사랑을 받지 못했거나 특히 열한 살 이전의 애정결핍과도 깊은 관련이 있다. 오랜 기간 지속적인 스트레스를 경험하면 뇌신경에 변화가 발생한다고도 한다.

우울증으로 발전할 수 있는 우울감

프로이트는 처음으로 인간의 심리를 과학의 관점에서 연구했다. 그는 우울증을 중요한 대상의 상실 때문이라고 보았다. 이별, 죽음, 헤어짐 같은 것. 예를 들면 사랑하는 사람이 자살하면 그 사람에 대한 분노의 감정을 자신에게 돌리고 자신을 미워한다. 부적절한 죄책감에 시달리게 된다. 또 다른 학자는 어린 시절 부모와 적절한 애정 관계를 형성하지 못한 것도 우울증 발병의 원인이라고 보았다. 이러한 사람은 성장 후에도 이별에 대해 다른 사람보다 민감하게 반응하고 쉽게 우울증에 빠진다고 한다.

우울감은 무엇에 대한 상실에서 슬픔을 느끼는 것이다. 부모님이 돌아가시거나 애인과 헤어지거나 실직을 한 경우 우리는 우울한 슬픔에 빠진다. 하지만 보통 서너 달이면 슬픔은 사라진다. 다시 열정이, 의욕이 돌아온다. 하지만 슬픔이 6개월 이상 지속되면 우울증으로 발전할 수 있다.

우울감에서 벗어나기 위해서는 몇 가지 생활 습관을 가져야 한다. 충분히 잔다. 현관문을 열고 밖으로 나가 햇볕을 쬔다. 하루에 최소한 30분 이상은 산책을 한다. 햇빛에는 자연적인 행복 신경전달물질인 세로토닌이 있다. 세로토닌은 밤이 되면 멜라토닌으로 바뀌어서 꿀잠을 자게 만든다. 그리고 평소보다 많이 웃고, 많이 운다. 많이 용서하고, 건강한 화를 낸다. 사실 건강한 화를 내는 것은 연습이 필요하다. 마지막으로 법에 저촉되지 않고 타인에게 민폐를 끼치지 않는 범위 내에서 본인이 하고 싶은 대로 하며 산다.

5장

소리에 놀라지 않는
사자와 같이

소리에 놀라지 않는 사자와 같이

나무는 꽃을 버려야 열매를 맺고, 강물은 강을 버려야 바다에 이른다.

—『화엄경』에서

"아니, 노숙자잖아요?"

의사는 내 모습에 놀라 입을 다물지 못한다. 내 볼을 만지더니 짧게 한숨을 내쉰다.

"많이 힘들었나요?"

내가 언제 세수를 했는지 기억이 나지 않는다. 그러니 의사가 노숙자라고 말하는 것도 당연하다. 의사는 언제 감았는지 모를 만큼 떡이 된 내 머리카락과 얼굴, 손톱을 세심하게 살핀

다. 내가 어떻게 살았는지 알아내기 위해서다. 나는 그를 안심시킨다.

"살려고 왔어요. 자의 입원을 하려고요."

"잘 왔어요."

"말할 기운도, 아니 숨 쉴 기운도 없어요. 모든 에너지가 다 빠져나갔어요. 새벽마다 자살하고 싶었어요."

"잘 왔어요. 하마터면 큰일 날 뻔했어요. 살 수 있어요. 늘 그랬듯 나를 믿어요."

"제가 이 병원에 몇 번 입원했죠?"

"아마 아홉 번? 이번까지 포함해서요."

의사가 차트를 보더니 대답한다. 벌써 아홉 번째라니……. 다른 병원에서의 입원까지 합하면 열한 번……. 이번으로 끝내야 한다. 나는 마지막 힘을 쥐어짜 제법 결연한 목소리로 말한다.

"개방병동으로 보내주세요. 커튼 달린 침대랑 개인 식탁도 있어야 해요."

"안 된다는 거 알잖아요. 일단 보호병동에서 안정을 취한 다음에 소변검사와 혈액검사로 약을 재처방해야 해요."

"개방병동으로 가고 싶어요."

나는 고집을 꺾지 않는다. 그러자 의사는 개방병동에는 침대가 없다며 고개를 젓는다.

"보호병동이 이 병원에서 가장 조용하고 깨끗해요. 차 선생 조용한 거 좋아하잖아요."

"알았어요, 알았다고요."

나는 그만 포기한다.

"얘기 조금 더 해도 될까요?"

내가 묻는다.

"그렇게 해요."

"아무것도 원하지 말고, 아무것도 믿지 말고, 소리에 놀라지 않는 사자와 같이, 그물에 걸리지 않는 바람과 같이, 흙탕물에 더럽혀지지 않는 연꽃과 같이, 무소의 뿔처럼 혼자서 가라는 불경(『숫타니파타』) 구절이 있어요."

"그래서요?"

"그렇다는…… 말이죠."

엄마는 결혼식 날을 받아놓고 나를 보러 와서는 이렇게 말했다.

"아유, 예쁜 내 딸. 난 네가 왜 아픈지 안다. 연꽃처럼 살아라. 아버지가 어젯밤 대성통곡을 했다. 그렇게 크게 우는 건 처음 봤다. 점을 봤는데…… 그 남자와 결혼하면 네가 죽는다

더라."

'죽지 뭐. 집에서 죽으나 결혼해서 죽으나 죽는 건 매한가진데 무슨 상관이란 말인가.'

그때나 지금이나 우울증에 빠지면 나는 삶에 아무런 의욕이 없다. 지금 당장 죽는다 해도 아무 여한이 없다. 삶이 아쉽지도, 죽음이 두렵지도 않다. 아마 자살을 한, 우울증에 빠진 사람들은 거의 이런 심리였을 것이다.

"전 이제 소리에 놀라지 않는 사자처럼 살 거예요. 늘 새가슴처럼 웅크리고 사는 것에서 벗어날 거예요. 겁내지 않을 거예요."

"이게 몇 년 만이에요. 작가로 돌아왔어요. 병동에 있으면서 소설을 쓰세요. 이럴 시간이 없어요. 노트랑 볼펜 가져왔어요? 빨리 병동에 올라가 쓰세요."

의사의 말을 들으니 불안이 수그러든다. 나는 이런 말을 하고 싶었고, 이런 말을 주고받을 사람이 필요했던 모양이다. 위로와 온전한 내 편! 자존감이 조금 살아난다.

가방을 품에 안는다. 면담을 하니 조금은 기운이 난다. 아니, 많이 기운이 난다. 온몸의 피가 빠르게 돈다. 나는 다시 소설을 쓸 열정을 찾아간다.

나 살고 싶어

널찍한 휴게실에는 TV가 있다. 사람들이 마스크를 쓰고 띄엄띄엄 앉아 있다. 보호자와 간병인, 그리고 개방병동의 환자들이 축구 경기를 보고 있다. 손흥민 선수가 벌써 네 골이나 넣었다. 사람들은 손 선수가 골을 넣을 때마다 환호성을 지른다. 환자복을 입은 젊은 남자는 자리에서 일어나 오, 오, 코리아, 라고 노래를 부른다. 그는 즉시 간호사의 주의를 받는다.

우측에 놓인 U자형의 테이블에 세 명의 간호사가 앉아 있다. 연락을 받았는지 간호사 하나가 일어나 내 가방을 가져간다.

우리는 보호병동으로 향한다. 예전에는 폐쇄병동이라고 불렸지만 지금은 '폐쇄'라는 단어를 쓰지 않는다. 환자나 환자 보호자를 심리적으로 위축시킨다는 이유에서다. 영화에서 보는 것 같은 창살이나 압박 옷은 없다. 신경정신과라는 명칭도 정신건강의학과로 바뀌었다.

내 가방을 든 간호사가 보호자에게 연락을 취해야 한다고 말한다.

"전남편에게 전화를 걸게요."

내가 말하자 간호사가 약간 놀란 눈으로 쳐다본다. 이 병원에 오래 다닌 만큼 간호사들은 나에 대해 모르는 게 없다. 그런데 이혼 사실은 몰랐나 보다. 나는 남편에게, 아니 전남편에게 전화를 건다. 전남편이란 말이 아직도 어색하다.

—주여! 저는 어떻게 살라고 이러십니까!

전남편은 화장실에서 물을 틀어놓고는 욥처럼 절규했다. 네 번째 사업이 망했을 때다.

"병원이야. 입원하려고 왔어. 당신이 와서 병동에 들고 들어갈 수 없는 물건들을 가지고 가야 해. 입고 있는 옷뿐이긴 하지만. 그리고 우리 강아지들 밥 좀 줘. 책상 위에 시리얼 있어. 참, 전화카드랑 간식비도 좀 넣어주고."

나는 담담하게 말한다. 전남편 역시 담담하게 대꾸한다.

"지금 병원으로 갈게."

"응."

"미안해."

"할 수 없지 뭐. 여기서 쉬면서 밥 제때 먹고 잘 자고 할 때까지 있을 거야. 이번에도 한 달쯤 걸리겠지. 나 살고 싶어."

"잘 생각했어. 마음고생 때문에 재발한 거니까 입원해서 좀 쉬어."

"……."

"잘 먹고, 잘 싸고, 잘 자면 금방 좋아질 거야."

"나도 그러길 바라며 입원하는 거야."

"그런데…… 병원비는……."

아무튼 처음부터 끝까지 돈이다. 전남편과 나 사이의 문제도, 사람이 살아가는 일에 있어서도……. 나는 병원비는 나오지 않는다고 말하며 전남편을 안심시킨다.

보호병동이라고 쓰인 문 앞에 선다. 탁구공 치는 소리가 들린다. 간호사가 문을 열고 먼저 들어선다. 청력이 발달한 사람은 우울증에 걸릴 확률이 높다고 하는데 맞는 말인 것 같다. 두 귀를 막고 간호사를 따라 몇 걸음 걷는다. 3인용 소파가 세 개 있고, 정면에 TV가 있다. 삼단 책장도 눈에 띈다. 김훈 선생님의 『남한산성』과 『아기공룡 둘리』가 보인다. 일본 만화책도 있다. 집중력이 생겨서 만화책이라도 볼 수 있으면 좋겠다. 마음이 아프다.

왼쪽은 남자 환자들의 병동이다. 간호사는 오른쪽 문으로 나를 데려간다. 침대 위에 새 시트와 환자복이 놓여 있다. 건조기에서 갓 꺼내 왔는지 고소한 토스트 냄새가 난다.

옷의 지퍼를 내리는데 손이 떨려 맘대로 되지 않는다. 간호사가 옷을 벗겨준다. 걸레 같은 옷을 그제야 벗는다. 새 환자복으로 갈아입으면서 나는 충격에 빠진다. 침대에 붙은 이름표를 본 것이다. 내 이름과 나이가 적혀 있는……

아, 이렇게 세월이 흐르다니. 언제 이렇게 늙었지. 억울한 생각이 든다. 세월이 아니라 나를 원망한다. 3년도 아니고, 6년도 아니고, 13년이라니……. 나이 오십이 되면 시간이 후딱후딱 간다는 어른들의 말이 맞는 것 같다. 13년을 허비했으니 이제 병원에서 나가면 단 1초도 허투루 쓰지 않겠다, 잠시 각오를 다진다. 병원에서의 첫날 밤이 그렇게 지나간다.

좋은 신호

어젯밤 잠이 오지 않아 열두 시에 수면제를 한 알 더 먹었다. 오전 열한 시에 일어났지만 그냥 우울할 뿐 가슴이 답답하거나 벌렁대지는 않는다. 좋은 신호다.

헤밍웨이는 전기치료를 받았다고 한다. 나도 예전에 전기치료를 권유받았지만 머리를 세차게 흔들며 절대, 절대 그것만은 하지 않겠다고 단호하게 거절했다. 그 생각은 지금도 변함이 없다.

보호병동의 실장이 전화카드를 건네주며 3만 원이 들어 있다고 말한다. 간식비도 5만 원이 들어와 있다고 한다.

"먹고 싶은 게 있으면 말씀하세요."

나는 군것질을 하지 않는다. 그래서 우유를 사다 달라고 한다.

일기 쓰기

기분이 좀 좋을 때 나는 노트에다 아주 짧게 일기를 쓴다. 일지 같기도 하고 가계부 같기도 하다. 하루를 기억하지 못할까 봐 연도와 월일, 요일까지 다 쓴다. 토막 난 기억의 조각이지만 나에겐 소중하다. 기억이 무엇보다 중요한 직업을 가졌기에 더욱 그렇다. 치매를 막기 위해서라도 써야 한다. 하지만 그것도 건너뛸 때가 있다. 내 의지로는 어쩔 수 없는 일이다.

입원한 뒤에도 일기 쓰기를 계속한다. 친구들을 하나하나 떠올리며 그들과 나와의 관계도 쓰고, 병의 상태도 기록한다. 하루에 지출한 돈도 적어둔다. 잊고자 하는 머리와 잊지 않고자 하는 의지의 싸움이 치열하다. 정 쓰는 게 힘들면 연도와 날짜만 적고 넘어간다. 지금 내게 중요한 것은 '매일' 쓰는 것이다.

내게는 재작년에 탈고한 1200매의 소설 초고가 있다. 아직 퇴고를 못 했다. 해야지, 하는 마음만 있을 뿐 의욕이 없어서 그대로 두었다. 신경전달물질인 세로토닌이 부족하면 무기력에 빠진다. 예술가에게 가장 먼저 있어야 하는 감정인 열정이 감퇴된다.

병원에서 나는 '매일' 일기를 쓰기 위해 사라지는 기억과 탈진한 몸뚱이와 무기력한 정신에 맞서 피 터지게 싸운다. 어떡하든 열정을 끌어올려보려고…… '매일' 뭔가를 '쓰다' 보면 어쩌면 집 나간 열정이 돌아올지도 모르니까.

비수 같은 말

며칠 전 아들과 전남편이 면회를 왔다. 그때를 생각하면 지금도 가슴이 떨린다.

"엄마는 나를 키우다 말았잖아."

아들의 그 말이 비수가 되어 가슴에 꽂혀 있다.

그날 전남편은 떡볶이와 순대와 어묵을 사 왔다. 나는 아들이 떡볶이를 먹지 못한다는 걸 그때 처음 알았다. 유학이 가져온 결과였다. 아들은 김치도 못 먹었다. 그런 아들을 위해 나는 백김치를 따로 담그곤 했다.

어묵 국물에 씻은 떡볶이를 주자 아들은 무표정한 얼굴로 나를 쳐다보았다. 그리고 물었다.

"엄마, 내가 결혼하려면 간호사나 심리상담사를 만나야

해? 아니면 사회복지사?"

"응? 아니…… 안 그래도 돼."

"병원비는? 여기 병원비는 어떻게 할 거야?"

아들이 다시 물었다.

"걱정 마. 엄마한테는 이제부터 무한 돌봄 서비스가 있어. 병원비는 안 나와."

"나는 엄마가…… 내 인생에서 사라져버렸으면 좋겠어. 엄마는 아프다고 나를 키우다 말았잖아."

그 말을 듣는데 숨이 턱 막혔다. 키우다 말다니…… 내가 너를 키우다 말다니……?

그때 떠오르는 기억이 있었다. 완도식당. 아이가 초등학교에 다닐 때 나는 한동안 침대에서 일어나지 못했다. 아이의 준비물을 챙겨주기는커녕 아침밥도 차려주지 못했다. 아파트 상가 지하의 완도식당에서 한 달 동안 백반을 시켜 아이에게 먹이고 학교에 보냈다. 된장찌개, 순두부찌개, 김치찌개 등등. 그러고선 침대에 누워 울었다. 아들에게 따뜻한 아침밥 한 끼 해줄 수 없는 무기력에 치가 떨렸다.

세월이 흐르고 아들이 논산훈련소에 입소하던 날이었다.

"세상에서 제일 맛있는 음식은 뭐죠?"

훈련소에서 장병들에게 물었다.

"엄마가 해주는 밥이요!"

여기저기 가족들과 함께 앉은 장병들이 한목소리로 외치는데, 갑자기 아들이 벌떡 일어나더니 큰 소리로 말했다.

"완도식당 밥이요!"

그때도 나는 숨이 막혔다. 아무 말도 못 하고 그저 멍하니 아들을 바라보았다. 말할 기운도 없었지만 말한다고 아들이 이해해줄까, 그런 생각도 한 것 같다. 그저 옆에서 눈치 없이 혼자 먹어대고 있는 남편의 입을 주먹으로 한 대 갈기고 싶을 뿐이었다.

'엄마는 아프다고 나를 키우다 말았잖아'에도 결국 나는 아무런 말을 못 하고 말았다. 다만, 아들이 그렇게 생각하고 있었구나, 여태껏 그런 생각을 품고 살았구나, 충격을 받았다.

아들과 전남편이 돌아간 뒤 나는 침대에 누워 머리끝까지 이불을 뒤집어썼다.

며칠이 지났지만 아직도 그날의 충격에서 벗어나지 못한 상태다. 가방을 안고 바다로 투신하는 내 모습만 자꾸 떠오른다. 강렬한 유혹이다. 하지만 바다로 갈 돈이 없다. 돈이 없다는 게 다행인지 불행인지 모르겠다.

이순신 장군은 수군을 폐지하려는 임금에게 화급히 장계를 올려 말했다.

'전하, 신에게는 아직 열두 척의 배가 있사옵니다.'

6인실 병실의 침대 하나를 차지하고 누운 나는 협탁에 묻은 얼룩을 손가락으로 문지르며 중얼거린다.

"신이여, 저에게는 오직 월세 보증금 천만 원이 있사옵니다."

모든 문학상을 휩쓸 소설이 내게 있다면 얼마나 좋을까. 전 남편의 빚을 다 갚고, 그러고도 남아서 아들에게 줄 수 있다면 얼마나 좋을까.

엄마가 돌아가시는 줄 알았어요

아들이 내게 섭섭한 말만 했던 건 아니다. 엄마가 돌아가시는 줄 알았어요, 하면서 섧게 울었던 적도 있다. 세 번째이자 마지막으로 자살을 시도했을 때였다.

그날, 남편과 아들의 싸움은 끝이 없었다. 불똥이 내게도 튀었다.

"이 쓰레기야!"

누구의 목소리인지는 모르겠다. 다만 나를 향한 말이라는 건 확실했다. 악을 쓰며 싸우던 남편과 아들이 갑자기 입을 다물고는 나를 쳐다보고 있었으니까. 그러니까 무심결에 나온 말. 무심결이어서 오히려 진심이 아닐까 짐작되는 말.

나는 3개월 치 약을 소주 세 병과 함께 먹었다. 그동안 나는 아들의 눈치를 보며 죽은 듯이 지냈다. 퇴원하고 집으로 돌아온 뒤로 단 한 줄도 쓰지 못했다. 매일처럼 폭발하는 아들. 강아지에게 윽박지르고, 한 번만 더 오줌을 싸면 죽여버리겠다고 소리 지르는 아들. 먹고살기 위해서는 글을 써야 했지만 분노와 위협과 다툼이 가득한 환경에서 나는 단 한 문장도 쓰지 못했다. 글을 쓰기는커녕 숨조차 쉴 수 없었다. 그러니까 내가 약을 먹은 것은 꼭 '이 쓰레기야!' 때문만은 아니었다는 뜻이다. 기폭제 역할을 했을 뿐.

응급중환자실에서 소생할 수 있을지 의사도 장담할 수 없다고, 지켜보자고 했다는 말을 나중에 전해 들었다. 나는 무려 49일 만에 깨어났다. 내 사지는 침대 가드에 붕대로 묶여 있었고, 코와 입에는 튜브가 꽂혀 있었다.

보호자 면회 때 아들이 깨어난 나를 보고는 너무나 기쁜 얼굴로 말했다.

"엄마가 돌아가시는 줄 알았어요!"

아들은 눈에 눈물이 맺히는가 싶더니 곧 훌쩍이기 시작했다. 나도 울고 싶었지만 눈물을 흘릴 겨를도, 정신도 없었다. 계속 가래를 뱉어내야 했다. 엄마는 임종 때 여덟 시간이나 가래 끓는 소리를 내다 돌아가셨다. 나는 그저 묶인 손끝으로 아들의 손을 쓰다듬으며 가래 끓는 목구멍으로 미안해, 미안하다, 는 말만 되풀이했다. 아들 옆에 서 있는 남편에게는 아프다고 겨우겨우 말했다.

"지금 모르핀이 들어가니까 조금만 참아. 곧 괜찮아질 거야."

남편의 눈동자가 붉었다.

"아무 걱정 마. 꼭 살릴게. 스물세 살 그때처럼."

"어떻게…… 된 거야?"

욕실에 쓰러져 있는 나를 아들이 처음 발견했다고 했다. 119가 오고, 내가 다니는 병원 응급실로 갔는데 투석기가 두 대밖에 없었다고, 다른 환자들이 다 쓰고 있었다고, 그래서 다시 119를 타고 M병원 응급실로 달렸다고……, 그때의 급박했던 상황을 떠올리는 듯 남편의 말이 빨라졌다.

"M병원으로 오는데 갑자기 벤츠가 119 앞으로 끼어드는 거야. 총이 있었다면 정말 쏴버리고 싶었어."

그 일 이후로 우울증이 재발해도 절대 자살 시도나 자해를 하지 않는다. 자살 충동이 일면 병원에 입원한다. 한 달 동안 집중적인 치료를 받고 다시 살 힘을 얻어 세상으로 나온다.

그때 일은 떠올리는 것만으로도 너무 힘들다. 우리 가족은 그 일에 대해선 그 누구에게도 말하지 않는다. 서로에게도 입 밖으로 꺼내지 않는다. 아들도 왜 그랬느냐고 묻지 않는다. 금기. 충격이 너무 컸기 때문이다. 음독, 두 팔에 그어진 깊은 칼자국, 욕조 가득한 핏물…… . 언젠가 이 일을 소설로 쓸 것이다.

74일 만에 퇴원했다. 병원에 있는 동안엔 쭉 종이 기저귀를 찼다. 다행히 욕창은 생기지 않았다. 내가 부를 때마다 간호사가 물었다.

"똥 쌀 거예요?"

"엄마, 묶여 있을 때 기분이 어땠어?"

"불타는 치킨!"

기다림이 있는 풍경

문득 첫 소설집에 실린 단편 「기다림이 없는 풍경」에 관한 일화 하나가 생각난다. 시인이자 편집자인 분이 이 소설의 제목을 '기다림이 없는 풍경'이라고 하면 어떻겠냐고 물었다. 그 말을 듣는 순간 많이 기다려본 사람이구나, 생각이 들었다. 또 그런 생각이 들자 어쩐지 얼굴도 퍽 지쳐 보였다. 아, 고된 생을 살았고, 또 살겠구나.

회진 시간이다. 나는 미리 이불을 정돈하고 앉아 있다. 의사가 다가와 내 앞에 선다. 나는 벼르고 있던 말을 꺼낸다.

"선생님, 부탁이 있어요. 담배 산책을 하게 해주세요."

의사는 단호하게 거절한다. 코로나로 세상이 난리인데 무슨 담배냐며 오히려 야단을 친다. 의사의 기세가 완강해서 나는 더 매달리지 못한다. 괜히 입원했다는 생각조차 든다. 담배가 너무나 그립다. 나는 오랫동안 담배를 피워왔다. 많이도 아니고 하루에 딱 두 개비만 피우면 되는데……. 다른 자리로 건너가는 의사의 등 뒤에 대고 나는 마지막으로 항변한다.

"코로나 비만으로 내과에서도 난리잖아요. 담배 산책만 허용하면 다 해결될 텐데……."

"그래도 안 됩니다."

2년 전에 입원했을 때 나는 담배를 피우기 위해 병원 앞 공원으로 나가고는 했다. 내가 벤치에 앉아 담배를 피우면 기다렸다는 듯 길고양이 한 마리가 나타나 내 앞에 두 발을 모으고 앉았다. 그러면 나는 참치 캔을 따서 고양이 앞에 놓아주었다.

어느 날은 내가 담배를 피우고 있는데 비흡연 구역에서 젊은 여자가 다가오더니 고양이에게 참치를 주기도 했다. 여자가 말했다.

"이 고양이는 여러 사람들이 먹이를 주어서 그런지 얼마나 도도하게 먹는지 몰라요."

"고양이는 원래 도도해요. 늘 스스로를 가꾸잖아요. 언제 봐도 목욕을 한 것처럼 깨끗해요."

내가 대꾸하자 여자가 고개를 끄덕이며 말했다.

"저는 반려견 두 마리를 키우는데 한 달에 한 번 바리캉으로 털 밀어주고, 빗질해주고, 아휴 손이 많이 가요."

여자의 말을 듣고 있자니 집에 두고 온, 내가 돌아오기만을 기다리고 있을 내 반려견 두 마리가 생각났다. 사람이 그리울 때 그 녀석들이 내 허한 마음을 채워주었다. 그날따라 유독 그 아이들이 보고 싶었다.

열정이 필요해요

간호사가 나를 찾는다.

"상담실로 가세요. 선생님이 기다리세요."

이번엔 어떤 레지던트일까? 나는 상담실로 간다. 그는 차트를 보고 있다. 내가 인사를 하자 그도 얼른 목례를 한다. 나는 뜸 들이지 않고 바로 본론으로 들어간다.

"눈을 뜨고 싶지 않아서 수면제를 먹었어요. 눈을 뜨면 우울하고 불안하고 죽고 싶은 마음이 생겨요. 아침에도 점심에도 저녁에도 약만 먹었어요. 밥도 안 먹고 계속 잠만 자니까 생활 리듬이 엉망이 됐어요. 그래서 입원했어요. 혼자선 통제가 안 돼요. 저에겐 정상적인 생활 규칙이 필요해요."

"그래요. 잘 오셨어요. 입원을 많이 하시다 보니 언제 입원해야 한다는 걸 잘 아시나 봐요?"

"그럼요. 제가 이 병원에만 아홉 번 입원했잖아요. 약은 평생 먹을 거예요. 하지만 정상적인 생활을 하면서 정량만 먹을 거예요. 전 폐인이 되고 싶지 않아요. 자살 시도는 정말 안 할 거예요. 자매들이 자살하고 조카 둘도 자살했어요. 유전이에요. 유전에다 격심한 스트레스를 받았어요. 자살한 조카들요. 둘째 언니가 불쌍해요. 자식 둘을 다 잃었으니까요. 언니도 지금 항우울증 약을 먹어요. 정상적인 사람이라도, 그러니까 유전인자를 가지지 않은 사람이라도 자식 둘이 그렇게 되면 제정신이 아닐 거예요."

"……."

"책이 머리에 들어오지 않아요. 눈으로는 읽는데 마음이 벽돌처럼 단단해져서. 그러니까 감정이 사라져서 쓰기는커녕 읽는 것조차 못하겠어요. 아무 의욕도, 열정도 없어요. 예술가에게 열정이 없다는 건 죽은 것과 같아요."

"치료를 받으면 다시 글을 쓸 수 있을 거예요. 언젠가 유명한 시나리오 작가가 자살 시도로 입원을 했더랬죠. 그분도 비슷한 일들을 겪었어요. 하지만 퇴원할 때 이제는 쓸 수 있겠다며 환하게 웃었어요. 입원을 많이 해봐서 잘 알잖아요?"

"저는 열정이 필요해요. 단순한 행복 말고요. 열정이 생기면 저절로 행복할 거예요."

"병원에서 집중적인 치료를 받으면 많이 좋아질 거예요. 글을 쓸 수 있을 정도로요. 몇 년 동안 약에 의지해서 뇌에 화학 변화가 왔을 거예요. 신경전달물질인 세로토닌을 많이 쓸 예정이에요. 혈액검사와 소변검사에서 보니 세로토닌 수치가 현저하게 떨어져 있어요. 세로토닌이 밤이 되면 멜라토닌으로 바뀌니까 이 수치가 정상이 되면 밤에 잠드는 것도 그리 어렵지 않을 거예요. 그럼 수면제 양을 줄일 수 있어요."

"밤낮으로 수면제를 먹으니까 머릿속이 회색 안개로 꽉 차 있는 것 같아요."

"걱정 말아요. 곧 수면제 양을 줄일 거고, 회색 안개가 걷히면 뇌가 정상적으로 작동해서 글을 쓸 수 있을 거예요."

"13년 동안 딱 두 사람 만났어요. 가족 빼고 딱 두 사람요."

"입원해 있는 동안 친구를 사귀어보세요. 조증환자와 친구가 되면 지겹도록 많은 말을 들을 수 있을 거예요. 우울증은 아닌데 두 달 넘게 중환자실에 있던 젊은 여자분은 어때요? 성격이 좋아요. 그 환자분하고 친구가 돼보세요."

"무슨 병이죠?"

"그건 말씀드릴 수가 없어요. 환자의 비밀을 지키는 게 정신과 의사의 첫 번째 철칙이에요."

"알아요. 참, 아주 잠깐이라도 담배 산책은 안 되나요?"

"코로나 때문에 안 돼요. 술은 하나요?"

"술 마시고 한 번 이상한 일을 겪고 나서 그 이후로 잘 안 마셔요. 가끔 약을 먹어도 잠이 들지 않을 때 소주를 한 병 반 마셔요."

"이상한 일이 뭐죠?"

"말하고 싶지 않아요. 말하면 더 힘들어요. 아직은 감당할 수 없어요. 생각만 해도 힘들어요. 가슴에 깊이 묻었어요."

"네. 억지로 말하지 마세요. 상처가 덧날 수 있어요."

"생각하면 죽고 싶어요."

말이란 이상하게 뱉고 나면 내면이 가난해진다. 헛헛하고 공허하다. 아마 그래서 소설을 쓰는지 모르겠다. 거짓말, 허구의 말들로 나를 쓴다.

"무슨 일인지는 모르겠지만 그 이야기를 하고 싶을 때가 오면 저에게 꼭 말해야 해요. 약속해요."

"네."

"가능하면 여기서 상담치료를 받으면서 그 트라우마를 극복하세요."

"가능하면요. 하지만 그 일을 입 밖에 꺼내면 엄청난 후폭풍이 올 거예요. 죽고 싶을 거예요."

"죽고 싶을 정도의 기억이라면 차라리 심리치료를 받아 그 트라우마에서 벗어났으면 좋겠네요. 앞으로의 인생을 잘 살기 위해서요. 과거는 현재를 잘 살기 위해서 중요한 거지 사실 아무 의미도 없어요."

"……."

"이렇게 자신의 이야기를 해주어서 고마워요. 치료를 하는 데 많은 도움이 될 거예요. 여기서 친구를 사귀고 많은 말을 하세요. 도움이 될 거예요. 아시겠지만 대학병원의 정신병동엔 중증 환자가 없어요. 사실 환자들은 자신에 대해 솔직하게 정신과 의사에게 다 말하지 않아요. 우린 촉이 발달해서 꼭 말로 하지 않아도 대충 알지만요."

"그런데 코로나 때문에 사람들이 더 우울해하고 불안해하지 않나요?"

"그래요. 난리도 이런 난리가 없어요. 이 병동은 괜찮으니 편하게, 편안하게 계세요."

"네. 그럴게요. 저 피곤해요. 눕고 싶어요."

자낙스

울음 섞인 여자의 목소리가 들린다. 그녀는 담당 레지던트에게 따진다.

"이번이 벌써 네 번째 입원이에요. 살기 위해 억지로 밥 한 공기를 다 먹어요. 도대체 왜 안 낫는 거죠?"

"약을 바꿨으니 3일만 더 지켜봐요."

"자낙스를 더 주세요. 불안해서 살 수가 없어요."

자낙스······ 항불안제. 불안과 긴장과 초조감에 특효인 약이다. 나도 췌장암에 걸린 것처럼 등 통증이 심했을 때 침도 맞고, 추나요법도 하고, 정형외과에서 물리치료도 받았지만 소용이 없었다. 결국 정신과 의사가 처방해준 자낙스를 먹고서야 등 통증이 감쪽같이 사라졌다.

한번은 또 턱이 틀어진 것처럼 발음이 새고 부자연스러워 치과를 찾았다. 의사는 투명한 마우스피스를 입에 끼라고 했다. 약으로는 항우울제인 프로작과 항불안제인 자낙스를 처방해주었다. 자낙스가 불안과 긴장으로 인한 근육통을 이완시킨다는 걸 그때 알았다. 어느 제약회사가 만들었는지 참 고마운 약이다.

미친 게 아니에요

내 옆 침대에 대학생인 듯한 여자아이가 은방울꽃처럼 누워 있다. 내가 먼저 말을 건다.

"몇 살이에요?"

"스물세 살이요."

스물세 살 때의 내가 생각난다.

"어디가 아파서 왔어요?"

"……불문과를…… 가고……… 싶었는데…… 엄마가…… 판사가…… 되라고…… 법대……에…… 엄마는…… 제가…… 판사가…… 되는……… 게…… 소원이었어요. 오빠는…… 엄마의 뜻……대로 의대…… 갔어요. 오빠는…… 화가가…… 되는…… 게…… 꿈……이었는데……."

착하고 똑똑한 바보다. 부모의 욕망에 눌려 병이 온 게 마치 나를 보는 것 같다.

"성경에 보면 다윗이 늙어서 많은 고통을 받았어요. 다윗은 반지에 글을 새겨놓으라고 했어요. 어려울 때마다 반지에 새겨진 글을 볼 수 있도록 말이에요. 아들인 솔로몬은 '이 또한 지나가리라'라는 글귀를 반지에 새겼죠. 다 지나갈 거예요."

"식구들 외에…… 누가 알까 봐…… 불안해요. 정신병동이 잖아요."

"이제 우울증은 흔한 병이 되었어요. 병에 대해 친구들에게 말하지 않으면 되잖아요. 쓸데없이 미리 걱정하지 마요. 점심이 왔어요. 밥 먹으러 가요."

"아니요. 아줌마는…… 어디가…… 아파서…… 왔나요?"

"만성 우울증이요. 집안 내력이죠."

그때 의사가 옆 침대의 그녀 곁으로 온다. 의사가 묻는다.

"뭐가 보이나요?"

"지금은 안 보여요."

"뭐가 들리는 건 어때요?"

"이젠 들리지 않아요."

"좋아요. 많이 좋아졌어요. 미친 게 아니에요. 그냥 강한 스트레스로 인해 우울증이 온 거예요. 우울증으로 환각이나 환청이 보이고 들릴 수 있어요. 힘들어도 누워만 있지 말고 앉아 있어야 해요. 누워만 있으면 너무 자기에게 빠져 정신 건강에 좋지 않아요. 알았죠?"

"네."

음악 치료

토요일이다. 음악 치료를 하는 날이다. 병동에는 노래방 시설이 있다. 점심밥을 먹고 30분 후에 시작한다며 모두 참석하라고 간호사가 알린다.

누가 부르는지는 몰라도 전인권의 〈걱정 말아요 그대〉라는 노랫말이 가슴에 와닿는다.

나는 이불을 머리끝까지 덮고 노래 가사를 들으며 운다. 그동안 너무 힘든 일들을 겪었다. 새로움을 다 잃어버렸다. 건강도 잃고 생의 의욕도 잃었다. 돈도 잃고 사람도 잃었다. 나는 또한 너무 기뻐서 운다. 울 수 있는 감정이 생긴 게 너무 기뻐서 더 많이 운다.

재잘거리는 소리가 들린다. 초등학교 4, 5학년인 듯한데 어찌나 말이 많은지. 산만하고 가만히 앉아 있지를 못한다. ADHD인 것 같다. 며칠 전 아이에게 내가 물었다.

"학교는 다니니?"

"네. 학교는 병원에서 다녀요. 작년에도 180일 동안 이곳에서 학교를 다녔어요."

"응."

"우리 집은 화장실이 세 개예요."

"밤에 잘 때 조용히 하거라. 아줌마는 잠을 자야 해."

"작년에 아빠한테 뒤지게 맞았어요."

"휴…… 그래도 잠자는 시간에 시끄럽게 굴면 안 돼."

언젠가 TV에서 조용한 ADHD인 정신과 의사가 밤에 홍대 카페에서 드럼을 치는 걸 본 적이 있다. 그는 정말 열정이 넘쳤다. 그가 말했다.

"내가 ADHD라는 걸 몰랐을 때는 학교생활, 일상생활이 너무 힘들었어요. 의대에 가서야 제 병이 무엇인지 알았어요. 나는 하루 내내 행복하고, 매일매일이 행복해요."

요즘엔 ADHD를 앓는 사람이 많다. 보통 어릴 때 발병해서 학교생활을 제대로 하지 못한다. 내가 아는 이의 딸은 왕따를 당해 결국 학교를 그만두었다.

나는 한바탕 울음을 쏟아내고는 창밖을 본다. 리치호텔이 보인다. 한 번쯤은 혼자 가서 하룻밤을 보내고 싶다. 리치호텔에서도 병원이 보이는지 궁금하다.

마음 근육 단련하기

우울과 불안과 기분장애는 우울증의 기본적인 증세다.

의사는 내가 스트레스에 취약하다고 했다. 멘탈이 약하다
는 말도 했다. 유리 멘탈……

요즘 의사의 최대 걱정거리는 내가 약을 정량대로 먹지 않
는 것이다. 나는 하루 내내 우울과 불안, 기분장애 때문에 침
대에 누워 약을 먹을까 말까 고민한다.

"아, 지겨워!"

창가 쪽 침대의 여자가 옆 침대의 중년 여자에게 말한다. 자
세히는 모르지만 그녀는 얼굴에 왕여드름이 생겼다. 그녀 말
에 의하면 스트레스성 우울증을 앓고 있다고 한다.

"정말 지겨워서 병이 더 생기는 거 같죠?"

"맞아요. 지겨워 죽겠어요."

"요즘 밥도 잘 먹고 잠도 잘 자는 것 같던데요."

"네. 약을 먹어서 그런지 식욕이 생기고 의욕도 생겼어요. 아무것도 못 하고 산송장처럼 누워만 있었는데……. 우리 애들이 고생이 많았어요."

이곳에서는 차고 넘치는 게 시간이다. 어떤 여자는 종이학을 접는다. 별 대꾸도 하지 않는데 틈만 나면 내게 와서 수다를 떠는 여자아이도 있다. 병동에 있는 사람들은 다른 사람의 병에 대해 궁금해한다. 심심하고 지루해서다. 나도 맞은편 침대의 서른 살쯤 되어 보이는 여자가 조금쯤 궁금했다. 몽환적인 눈빛에 흰 손이 매력적인 여자다. 어디가 아파서 왔을까. 하지만 묻지는 않는다. 대개 대답은 둘 중 하나다. 스트레스가 많아서 혹은 침묵.

자신에 대해 말하려면 강철을 단련시키듯 마음의 근육을 단련해야 한다. 후폭풍으로 올 엄청난 불안과 우울을 감당할 수 있어야 한다는 뜻이다. 감당할 수 없는 말은 애초에 하지 않는 게 좋다. 무의식에 자리한 상처들은 조심스럽게 단계를 밟아가며 밖으로 꺼내야 안전하다. 그래서 심리상담이 필요한 것이다.

사내아이처럼 머리를 바짝 깎은 여자아이가 오늘도 어김없이 내 침대로 온다.

"언니, 난 언니가 좋아요. 처음 봤을 때부터요. 제가 목욕을 시켜드릴까요?"

"저한테서…… 냄새……가 나나요?"

"오랫동안 목욕을 안 한 것 같아요. 머리도 감아야 해요."

"아가씨는 왜 입원했나요?"

"……."

"힘들면 얘기 안 해도 돼요."

"알코올중독이요."

"음……."

"주량이 소주 네 병이에요. 골밀도 검사를 했는데 뼈에 구멍이 숭숭 뚫렸대요. 알코올 때문에. 저는 저 스스로 입원했어요."

내가 대꾸를 하지 않자 머쓱한 표정을 짓던 여자아이가 복도 쪽 침대를 가리키며 말한다.

"저 언니는 공황장애라고 해요. 저쪽에 있는 아줌마는 의료용 마약패치를 붙여요."

"네? 마약이라니……?"

"머리카락만 빼고 다 아프대요. 문제는, 병의 원인을 알 수 없다는 거예요."

"아……."

"제가 머리도 감겨드리고 등도 밀어드릴게요."

"나중에……. 지금은 하고 싶지 않아요. 먹고 자는 거 빼고 아무것도 할 수가 없어요."

"그러면 이야기해요. 심심해요."

여자아이는 집요하다. 이게 다 차고 넘치는 시간 때문이다.

"해요. 들어는 줄게요."

"어린애들이 읽는 동화는 잔혹동화예요."

"……."

"왕비는 백설 공주가 예쁘다는 이유로 난쟁이들에게 보내 버렸어요. 백설 공주는 난쟁이들의 잠자리 시중을 드는 여자로 살았어요. 왕자가 그 사실을 알고 왕비에게 갔죠. 왕비는 왕자와 함께 아주 행복하게 살았어요. 왕비에겐 돈이 있고, 왕자는 잘생겼어요."

"……."

"인어 공주는 목소리를 잃는 대신 다리를 가졌지만 결국 왕자와 결혼하지 못하고 물거품이 되었어요. 왕자가 한쪽 구두를 가지고 신데렐라를 찾으러 다녔을 때 계모는 자기 딸들의 발이 너무 커서 구두에 들어가지 않자 딸들의 발가락을 잘랐어요. 성냥팔이 소녀는 얼어 죽었고,『플랜더스의 개』에 나오

225

는 소년과 개도 얼어 죽었어요. 아, 동화가 너무 끔찍해. 어린 아이에게 이런 동화를 읽어주다니!"

"……."

"언니, 사실 의사 선생님에게도 말하지 않은 게 있어요. 알코올 때문에 왔다는 말만 했죠. 어떤 아저씨를 만났어요. 생맥줏집에서요. 거기서 알바를 했거든요. 그 아저씨는 싱글 라이프였어요. 제가 제안을 했죠. 한 달에 150만 원을 주면 청소도 하고, 반찬도 만들고…… 잘 수도 있다고요. 아저씨가 아파트 키를 제게 줬어요. 전 친구가 많아요. 모여서 본드를 해요."

"……."

"담배가 피우고 싶어요. 오늘은 저녁밥을 못 먹을 거 같아요. 우울해져요. 언니, 목욕하고 싶으면 언제든지 말씀하세요. 저는 좀 잘래요. 말을 해서 그런지 너무 피곤해요. 술이 마시고 싶어요."

"……쉬어요."

저녁 회진

곧 저녁 회진을 돈다고 간호사가 알린다.

"각자 자기 침대로 가세요."

그때 보호병동으로 한 청년이 들어선다. 검정 가죽 재킷에 청바지를 입은 모습이 아주 멋있다. 오늘따라 회사에 일이 많아서 늦었다고 간호사에게 말한다. 청년은 병동에서 지내며 회사로 출퇴근한다. 나는 청년에게 안쓰럽다는 듯 말한다.

"어머님이 걱정이 많겠어요."

"어머니는 저를 낳다 돌아가셨어요."

"아…… 미안해요. 쓸데없는 걸 물어서."

나는 내 자리로 돌아와 성경책을 펼친다.

라헬이 산고로 죽다.*

"누구야! 내 말 하는 게! 누구냐고!"

여자의 목소리가 어찌나 큰지 나도 모르게 머리칼이 짧은 여자아이를 쳐다본다. 여자아이가 내 옆으로 오더니 귀에다 대고 속삭인다.

"학교 선생인데 누가 자기 욕을 한대요."

저녁 회진 시간이다. 의사가 내 팔뚝에 든 멍을 보더니 간호사를 부른다. 나는 혈관이 얇아서 주삿바늘을 꽂을 때 곧잘 정맥이 터진다. 그젠가는 간호사가 서너 번 혈관에 주삿바늘을 꽂기 위해 시도하다 포기하고는 할 수 없이 소아과 간호사를 불렀다. 내 팔뚝은 늘 터진 혈관 때문에 시퍼렇게 멍이 들어 있다.

"멍 지우는 연고를 발라줘요."

의사가 말하고 돌아서는데 내가 얼른 묻는다.

"언제 개방병동으로 보내주실 건가요?"

"상태를 보고요."

"하루라도 빨리 가고 싶어요."

* 「창세기」 35:16−29.

"잘 알면서 그래요."

그렇다. 나는 다른 의미로 보호병동에서 개방병동으로 가는 방법을 잘 안다. 굳이 속이는 방법을 쓰지 않아도 된다. 다만 약간의 기지가 필요할 뿐. 내가 곧잘 쓰는 방법은 이렇다.

회진 시간 직전에 러닝머신에서 걷거나 실내 자전거를 탄다. 이불을 잘 정돈해놓는다. 회진하러 들어온 의사와 레지던트에게 활짝 웃어준다. 그러면 일주일 후쯤 개방병동으로 갈 수 있다.

보호병동은 답답하고 지루하다. 담배를 피우러 밖으로 나갈 수도 없다. 산책을 할 수도 없다. 하지만 개방병동은 식사 때와 약 먹을 때를 제외하고는 언제든지 병원 밖으로 산책을 나갈 수 있다. 뿐만 아니라 밤 열 시까지 면회가 가능하다.

더 더러운 병도 있어

처음이자 마지막으로 내 또래의 여성 작가에게 병문안을 와달라고 한 적이 있다. 성격 좋고 호탕한 그녀는 케이크를 사 들고 왔다. 게다가 아무것도 묻지 않고 내게 150만 원을 선뜻 빌려주었다. 케이크를 먹으며 그녀가 말했다.

"힘내. 이것보다 더 더러운 병도 있는데!"

나는 그녀의 말에 놀랐고, 상처를 받았고, 며칠을 잠을 못 잤다. 그녀와의 관계는 끊어졌지만 그 말만은 살아남아 지금 도 내 귓전에서 울려 퍼진다.

"더 더러운 병도 있는데!"

개방병동으로

약간의 기지를 발휘한 덕분에 나는 며칠 후 개방병동으로 옮길 수 있었다. 몽환적인 눈빛에 흰 손이 매력적인 여자와 함께. 그녀는 내 옆 침대를 쓴다. 그녀의 내면이 소란스럽다는 게 느껴지지만 굳이 묻지는 않는다.

역시 개방병동이 좋다. 침대마다 커튼이 달려 있고, 개인 식탁이 있고, 밥때와 약 먹을 때를 제외하고는 자유롭게 공원을 산책할 수도 있고, 몰래 담배를 피울 수도 있다. 밤 열 시까지만 들어와 약 먹고 자면 된다. 이것이 내가 알던 개방병동의 생활 수칙이다. 그리고 코로나 이전 세상의 이야기다.

병원 밖으로 나가려던 나는 간호사의 제지에 부딪힌다. 지금은 코로나 때문에 밖으로 나갈 수가 없단다. 아…… 이런……. 이왕 이렇게 된 거 이참에 담배를 끊어야겠다고 생각한다.

세면도구와 속옷을 가지고 샤워실로 간다. 하지만 엄두가 나지 않는다. 퇴원을 하려면 몸의 위생 상태가 중요하다. 나는 곧 이 위기를 극복해야 한다.

전남편이 양손에 검은 비닐봉지를 들고서 면회를 왔다.

"뭐야?"

"먹을 거. 병원 밥이 물릴 때가 된 것 같아서."

나는 볼이 미어지도록 왕만두를 입에 넣고 씹는다.

'네가 사업만 하지 않았다면 내가 또 이렇게 병원에 입원하는 일도 없었을 거야.'

나는 속으로 중얼거린다. 그때 전화벨이 울린다.

"정순희 씨를 아시나요?"

쪼끔 언니다.

"네."

"어떤 관계죠?"

"제 언니예요."

"여기는 ○○시립정신병원이에요. 오셔야겠어요."

"큰언니에게도 전화를 했나요?"

"네."

"뭐라고 하던가요?"

"마음의 여유가 없다고 해요. 그런데 최진실, 최진영 이모가 맞나요? 과대망상증인 거 같아서요."

"언니가 그렇게 말했나요?"

"네. 그런데 믿기지가 않아서……."

"이모 맞아요. 제가 지금 병원에 입원해 있어요. 3주 후에 가도 될까요? 다시 연락을 주세요."

"그럼 3주 후에 오세요. 먼저 문자로 주민등록번호하고 집 주소를 보내주세요. 보호자로 등록해야 해요."

"네. 언니 건강 상태는 어떤가요?"

"기분장애가 심하고, 잠을 잘 못 자요. 사람들하고 싸우고……. 다른 시립병원으로 옮겼으면 좋겠어요."

"언니가 어쩌다 그곳에 있어요?"

"동네 사람들이 경찰에 신고했대요. 경찰서에서 우리 병원으로 보냈고요."

또 시작인가 보다. 몇 년 전에는 동네 할머니를 때려 경찰서에 간 적도 있었다. 그러고는 수원에 있는 시립병원 정신과에 입원했다.

나는 남은 만두를 잘 포장해 병실로 향한다. 전남편이 엘리

233

베이터까지 따라온다. 우리는 침묵한다. 서로 할 말이 없는 것
이다.

세상으로 나가다

내일이 퇴원하는 날이다. 입원한 지 40일이 지났다. 나는 보기 좋게 살도 빠지고, 근력도 생겼다. 잘 먹고 잘 자게 되었고, 새로 처방한 약 덕분에 기분장애도 심하지 않다. 무엇보다 의욕이라는 것이 생겼다.

물이 오른 봄 나뭇가지 같다. 내 몸과 마음에 꽃봉오리를 품고 있다. 이제 집에 가면 나는 13년 세월의 고치에서 비단실을 풀어 좋은 소설을 쓸 수 있을 것 같다. 나는 충분히 준비가 되었다.

좋은 기억보다 나쁜 기억이 오래간다고 하는데 지금의 나는 나쁜 기억 위에 좋은 기억이 한 겹 덧씌워진 것 같다. 나는 웃는다. 사람들과도 원만한 관계를 갖는다. 비록 병원의 환자들이긴 하지만.

이곳의 생활이 그리울지도 모르겠다. 물론 또 아파서 입원할 수도 있다. 하지만 걱정하지 않는다. 몇 년에 한 번, 한 달휴가라고 생각하고 입원해서 쉬면 되니까.

나는 평생 항우울증 약을 먹을 것이다.

나는 이번에도 살아남았다. 앞으로도 이렇게 입원 치료하며 살아가면 된다.

전남편에게 제일 예쁜 옷을 가져다 달라고 한다. 바바리코트와 긴 스카프 그리고 스타킹과 갈색 부츠를.

간호사가 약을 가져온다.

"일주일 치예요. 일주일 후에는 약 받으러 와야 해요."

"네."

지난 회진 때 의사와 약속했다. 하루에 두 끼는 꼭 먹고, 30분 이상은 산책을 하겠다고. 나도 알고 있다. 지금 이 상태를 유지하려면 그렇게 해야 한다는 걸. 행복 물질인 세로토닌 생성을 위해서라도 무조건 산책을 해야 한다. 그래야 수면제를 줄일 수 있다. 의사는 수면제를 줄이면 뇌 활동이 원활해진다고 말했다. 내가 눈을 반짝이며 놀라는 듯하자 의사가 반문했다.

"몰랐어요? 수면제가 뇌의 활동을 위축시키잖아요. 그러니까 글을 쓰기 위해서라도 수면제 양을 줄여야 해요. 방법은 알죠? 잘 먹고 산책 잘 하기."

초록색 가방을 든 전남편이 병실 밖에 서 있다. 나는 가방을 받아 커튼을 치고 옷을 갈아입는다. 13년의 복역을 마치고 드디어 세상으로 나간다. 가진 것 없고 몸은 아프지만 행복하게 살 것이다. 소리에 놀라지 않는 사자처럼 살아갈 것이다. 크고 작은 세상일에 얽매이지 않고, 겁먹지 않고 살 것이다.

잉그리드 버그만이 출연한 〈카사블랑카〉에서 흑인이 피아노를 치며 노래 부르던 장면이 생각난다. 노래 제목은 〈세월이 흐르면〉. 특히 기억에 남는 가사는 이것이다.

'키스는 키스일 뿐 한숨은 한숨일 뿐 진실한 감정도 세월이 흐르면 날아가네……'

나만의 우울증 완화 방법

1. 수면제가 필요하다 싶으면 먼저 국화차에 대추를 넣고 진하게 우려내어 두어 잔을 마신다. 그러면 비교적 쉽게 잠들 수 있다. 그래도 잠이 안 오면 병원에서 처방한 수면제를 먹는다. 졸피뎀!

2. 일어나는 시간을 일정하게 유지한다. 잠을 제대로 못 자도 정해진 시간에 일어난다. 대신 낮에 잠깐 잘 수 있다. 그러나 내 경험으로 낮잠은 잘 때는 행복하지만 깨면 불쾌하다.

3. 침대에서 일어날 수 있으면 일어나고, 그렇지 못하면 며칠이고 침대에서 뒹군다. 그것은 기분장애 때문이므로 나 자신을 책망하지 않는다.

4. 일어나면 샤워를 한다.

5. 그 어떤 항우울제보다 좋은 건 햇빛. 하루 중 햇빛이 가장 좋은 시간대는 오후 세 시부터 다섯 시 사이. 그 시간대에 산책을 나간다. 이건 지키기 쉽지 않다. 지키지 못한다고 자책감이나 우울한 기분을 더 가질 필요는 없다.

6. 오후 세 시 이후에는 절대 커피를 마시지 않는다.

7. 자주 청소를 해 안락한 집 안 분위기를 만든다.

8. 억지로라도 몸을 움직인다. 땀이 나면 그보다 더 좋을 수 없다. 땀을 흘리면 기분이 좋아진다. 무엇보다 불안을 가라앉힌다. 힘들지만 약물 과다 복용을 막기 위해, 꼭 매일이 아니더라도 컨디션이 좋을 때는 밖으로 나간다.

9. 마음을 단련할 수 있는 좋은 강연을 찾아 듣는다. 나는 유튜브를 통해 '세바시(세상을 바꾸는 시간, 15분)'를 즐겨 듣는다. 여러 강연자들이 마음 다스리기, 인간관계에서 멘탈을 강화하는 방법 등을 알려준다. 듣다 보면 마음의 근육이 단련된다. 가장 많이 듣는 건 법륜 스님의 즉문즉설이다. 종교와 상관없이 듣는 거라 마음이 더 편하다.

10. 불안증이 오면 라벤더 오일을 목 뒤와 손목에 바른다. 그것으로도 부족하면 자낙스를 한 알 먹는다.

11. 서로 부담을 주는 관계를 갖지 않는다.

12. 관계에 목말라하지 않는다. 은둔의 생활을 즐긴다.

13. 혼자 할 수 있는 취미생활을 찾아서 해본다.
    ① 색칠하기.
    ② 뜨개질하기.
    ③ 매일 집 청소하기. 먼지를 닦고, 부엌을 정리하고, 화장

실을 청소한 후 라벤더 향수를 뿌린다.

④ 채식하기. 자주는 아니더라도 돈이 생기면 바나나와 사
과 같은 과일 먹기.

⑤ 값싼 반찬으로도 우아하게 식사하기.

⑥ 연인을 만나러 가듯 매일 예쁜 옷 입고 집에서 생활하기.

⑦ 불안감을 갖지 않기 위해 뭐라도 쓰기.

에필로그

　12월. 바바리코트를 입고 병원에 왔다. 퇴원한 지 일주일이 지났다. 함박눈이 내렸다. 아침에 눈을 뜨자 일어나고 싶지 않았다. 나는 날씨에 아주 민감해서 비가 오거나 눈이 오면 절대 밖으로 나가지 않고 잠만 잤다. 하지만 오늘은 병원에 가서 상담도 하고, 약도 받아 와야 했다. 어쩔 수 없이 일어나 이를 닦고 세수를 했다.

　퇴원할 때 주치의는 나의 상태에 대해 이렇게 소견을 밝혔다.

　무기력감, 불면, 잦은 자살 사고 및 자살 시도의 증상으로 내원하여 수시로 입원 치료한 후 정상적인 생활이 가능해졌음. 하지만 지속적인 정신과적 약물 치료와 면담 치료가 필요함.

나는 퇴원하면서 몇 가지 생활 수칙을 정했다.

눈을 뜨면 번쩍 일어나기. 가슴이 벌렁거리면 얼른 자낙스 먹기. 안정이 되면 샤워를 하고, 가장 예쁜 옷을 입은 후 책상 앞에 앉기. 그리고 열한 시에 밥을 먹고, 차를 마시고 소설을 쓰고, 세 시에서 다섯 시까지 가능한 한 산책을 한다. 산책에서 돌아오면 다시 책상 앞에 앉아 새벽부터 쓴 소설을 고친다.

계획표를 보는 것만으로도 마치 주머니에 돈이 잔뜩 든 것처럼 기분이 좋아졌다. 완벽하게 지키지는 못할 테지만 그래도 어느 정도는 자책감을 덜어주었다.

"언니, 안녕하세요."

복도 끝에서 누군가가 다가오며 인사한다.

"저예요!"

머리칼이 짧은 여자아이다. 그녀도 나와 같은 날에 퇴원했다. 이렇게 병원에서 다시 만나니 왈칵 반가운 마음이 든다.

"잘 지냈어요?"

내가 묻자 그녀가 애매한 표정을 지으며 미소를 흘린다.

"네……. 그런데 약 부작용 때문에…… 말하기가 좀 힘들 때가 있어요."

"혀가 말라서 그래요. 시간 지나면 괜찮아지니까 너무 걱정 말아요."

나도 다 겪었고, 현재도 겪고 있는 부작용이다. 항우울제와 항불안제 그리고 수면제는 입안을 건조하게 만들어 발음이 분명치 않게, 그러니까 혀가 꼬부라진 소리를 내게 만든다. 시간이 좀 흘러야, 약 기운에서 벗어나야 정상적으로 말할 수 있다.

"언니는 어떻게 지냈어요?"

그녀가 밝은 표정을 되찾으며 묻는다.

"대체로 잘 지냈고 조금은 잘 지내지 못했어요. 그래도 하루를 계획표대로 생활하기 위해 노력하고 있어요."

"……."

내 이름이 호명된다.

의사는 나를 스캔하듯 빠르게 훑어본다. 나는 계획표를 짜서 생활하려 노력한다고 말한다.

"잘하고 있어요. 그러다 또 힘들면 입원해서 생활 리듬을 되찾으면 되죠. 이제 정말 작가 같네요. 눈도 초롱초롱하고."

"이야기 하나 들려드릴까요?"

"그러세요."

"저는 크리스천이지만 타종교에 대해서는 철학적으로 접근해요. 삶과 죽음에 대해 관심이 많죠. 그럴 수밖에 없잖아요. 저는 자살생존자니까. 집안에 우울증을 앓는 사람도 많고 자살자도 많아서 요즘은 종교에 대해 생각해요. 언니와 조카

둘이 자살해서 더 그런가 봐요. 윤회에 대해 생각해봤어요. 윤회는 수천 년 넘게 이어져 온 힌두교의 세계관이자 인간관이죠. 그리고 신분 체제를 유지하는 이데올로기이기도 하죠. 인도의 문화는 권선징악을 바닥에 깔고 있어요.

사실 모든 철학과 종교는 각 문화의 차이대로 세계관을 갖죠. 힌두교는 전생과 현생 그리고 후생이 있어 끝없이 태어나고 죽고 한다고 해요. 현생의 고달픔은 전생의 결과고, 후생은 현생의 결과로 이야기하죠. 신분이 낮은 사람이나 현생에서 많은 고통을 겪으며 살아온 사람들은 그 문화에서 그런 세계관을 저절로 갖게 되나 봐요.

부처의 윤회는 힌두교와 달라요. 부처가 말하는 윤회는 당대에 생로병사는 물론이고 희로애락을 겪으면서 살아간다고 해요. 매일매일이요. 하루에도 수없이 기분이 변하죠. 불교의 수행은 이런 거예요. 널뛰듯 하는 희로애락의 감정을 점점 가라앉혀 평정심을 갖게 하는 것. 완전한 평정심을 가지면 그때 해탈이 되는 거죠. 다음 생에서 다시 태어나 전생에서 산 삶에 따라 윤회하는 건 아니죠. 저는 우울증 환자들이 불교의 수행법으로 어느 정도는 기분장애를 완화시킬 수 있다고 생각해요. 불교의 수행법을 따르는 것만으로도 일정한 양의 세로토닌이 생성된다고 믿어요. 그러니까 약에만 너무 의존하지 말자는 거죠."

"정말인가요? 다른 사람들에게 적용해도 되나요?"

"그럼요. 절 믿으세요. 저는 철학을, 그것도 불교대학에서 철학을 공부했어요."

"아…… 요즘 어떤 스님이 있나요?"

"그전엔 돌아가신 법정 스님을 좋아했는데 지금은 법륜 스님을 좋아해요. 그 스님의 말씀을 들으면 마음의 평화가 와요. 저는 자신을 사랑해야 한다는 말을 귀에 딱지가 앉도록 들었지만 어떻게 사랑해야 할지 몰랐어요. 법륜 스님은 이렇게 말씀하셨어요. 자신을 사랑하는 것은 자신을 미워하지 않는 것, 자신을 괴롭히지 않는 것이라고. 두 눈이 번쩍 뜨였어요.

하지만 죽을 땐 신부나 목사에게 죄사함을 받고 죽는 게 좋은 거 같아요. 제가 아는 교수님은 모태 신앙인데도 평생 기독교를 받아들이지 않다가 파킨슨병으로 돌아가실 무렵에야 목사님을 만나 평온하게 세상을 떠났어요."

"다음에도 이런 이야기를 많이 해주세요."

나는 의사와 인사를 하고 진료실을 나선다. 병원 밖으로 나오자 바바리코트 속 원피스 자락이 바람에 살랑거린다. 스타킹을 신은 다리에도 바람이 기분 좋게 와 닿는다. 나는 평화약국으로 들어간다. 처방전을 건네자 오래 기다려야 할 것 같다고 약사가 말한다. 약국은 사람들로 붐빈다.

　내 이름을 호명한다. 알면서도 왠지 물어야 할 것 같다.

　"약값이 얼마죠?"

　"500원이요."

　나는 한쪽이 길게 늘어진 스카프를 고쳐 매고 바람 부는 12월로 걸어 들어간다. 하늘이 아기를 품은 듯 무거워 보인다. 다시 함박눈이 푸짐하게 쏟아질 것 같다.

부록

벡의 우울척도*

인지치료의 벡(Beck)과 그의 동료들이 작성한 것으로 우울 진단을
위한 척도입니다. 다음의 각 문항마다 여러 가지 느낌과 생각들이
적혀 있습니다. 그 문항들을 읽고, 지난 2주 동안의 나의 느낌과 생
각을 가장 잘 나타내는 문장을 네 개 중에서 하나 고릅니다.

1. (0) 나는 슬프지 않다.
   (1) 나는 슬프다.
   (2) 나는 항상 슬퍼서 그것을 떨쳐버릴 수 없다.
   (3) 나는 너무나 슬프고 불행해서 도저히 견딜 수 없다.

2. (0) 나는 앞날에 대해서 별로 낙심하지 않는다.
   (1) 나는 앞날에 대해서 비관적인 느낌이 든다.
   (2) 나는 앞날에 대해 기대할 것이 아무것도 없다고 느낀다.
   (3) 나의 앞날은 아주 절망적이고 나아질 가망이 없다고 느낀다.

....
* 인제대학교 일산백병원, 『우울병 이겨내기』에서 일부 수정하여 수록.

3. (0) 나는 실패자라고 생각하지 않는다.

   (1) 나는 보통 사람들보다 더 많이 실패한 것 같다.

   (2) 내가 살아온 과거를 되돌아보면 생각나는 것은 실패뿐이다.

   (3) 나는 인간으로서 완전한 실패자인 것 같다.

4. (0) 나는 전과 같이 일상생활에서 만족하고 있다.

   (1) 나는 일상생활이 전처럼 즐겁지 않다.

   (2) 나는 더 이상 어떤 것에서도 참된 만족을 얻지 못한다.

   (3) 나는 모든 것이 다 불만스럽고 지겹다.

5. (0) 나는 별로 죄책감을 느끼지 않는다.

   (1) 나는 죄책감을 느낄 때가 많다.

   (2) 나는 거의 언제나 죄책감을 느낀다.

   (3) 나는 항상 죄책감을 느낀다.

6. (0) 나는 벌을 받고 있다고 느끼지 않는다.

   (1) 나는 아마 벌을 받을 것 같다.

   (2) 나는 벌을 받아야 한다고 느낀다.

   (3) 나는 지금 벌을 받고 있다고 느낀다.

7. (0) 나는 나 자신에게 실망하지 않는다.

   (1) 나는 나 자신에게 실망하고 있다.

   (2) 나는 나 자신이 혐오스럽다.

(3) 나는 나 자신을 증오한다.

8. (0) 나는 내가 다른 사람보다 못한 것 같지는 않다.

(1) 나는 나의 약점이나 실수에 대해서 내 자신을 탓한다.

(2) 내가 한 일이 잘못되었을 때는 언제나 나를 탓한다.

(3) 나는 주위에서 일어나는 모든 안 좋은 일들을 내 탓으로 돌린다.

9. (0) 나는 자살 같은 것은 생각하지 않는다.

(1) 나는 자살할 생각은 하고 있으나 실제로 하지는 않을 것이다.

(2) 나는 자살하고 싶다.

(3) 나는 기회만 있으면 자살하겠다.

10. (0) 나는 평소보다 더 울지는 않는다.

(1) 나는 평소보다 더 많이 운다.

(2) 나는 요즘 항상 운다.

(3) 나는 전에는 울고 싶을 때 울 수 있었지만, 요즘은 울려야 울 기력조차 없다.

11. (0) 나는 요즘 평소보다 더 짜증을 내는 편은 아니다.

(1) 나는 평소보다 더 쉽게 짜증이 나고 귀찮아진다.

(2) 나는 요즘 항상 짜증스럽다.

(3) 전에는 짜증스럽던 일이 요즘은 너무 지쳐서 짜증조차 나지 않는다.

12. (0) 나는 다른 사람들에 대한 관심을 잃지 않고 있다.

    (1) 나는 전보다 다른 사람들에 대한 관심이 줄었다.

    (2) 나는 다른 사람들에 대한 관심이 거의 없어졌다.

    (3) 나는 다른 사람들에 대한 관심이 없어졌다.

13. (0) 나는 평소처럼 결정을 잘 내린다.

    (1) 나는 결정을 미루는 때가 전보다 더 많다.

    (2) 나는 결정을 내리는 것이 전보다 더 힘들다.

    (3) 나는 더 이상 아무 결정도 내릴 수 없다.

14. (0) 나는 전보다 내 모습이 더 나빠졌다고 느끼지 않는다.

    (1) 나는 나이 들어 보이거나 매력이 없어 보일까 봐 걱정이다.

    (2) 나는 내 모습이 매력 없게 변해버렸다고 느낀다.

    (3) 나는 내가 추하게 보인다고 생각한다.

15. (0) 나는 전처럼 일을 할 수 있다.

    (1) 어떤 일을 하려면 평소보다 더 힘이 든다.

    (2) 무슨 일이든 하려면 나 자신을 매우 심하게 채찍질해야만 한다.

    (3) 나는 전혀 아무 일도 할 수가 없다.

16. (0) 나는 평소처럼 잠을 잘 수 있다.

    (1) 나는 전처럼 잠을 자지 못한다.

    (2) 나는 전보다 한두 시간 일찍 깨고 다시 잠들기가 어렵다.

(3) 나는 평소보다 몇 시간이나 일찍 깨고 다시 잠들 수가 없다.

17. (0) 나는 평소보다 더 피곤하지는 않다.
    (1) 나는 전보다 더 쉽게 피곤해진다.
    (2) 나는 무엇을 해도 언제나 피곤해진다.
    (3) 나는 너무나 피곤해서 아무 일도 할 수가 없다.

18. (0) 내 식욕은 평소와 다름없다.
    (1) 나는 요즘 식욕이 전보다 떨어졌다.
    (2) 나는 요즘 식욕이 전보다 많이 떨어졌다.
    (3) 요즘에는 전혀 식욕이 없다.

19. (0) 요즘 체중이 별로 줄지 않았다.
    (1) 전보다 몸무게가 2kg가량 줄었다.
    (2) 전보다 몸무게가 5kg가량 줄었다.
    (3) 전보다 몸무게가 7kg가량 줄었다.

20. (0) 나는 건강에 대해 전보다 더 염려하고 있지는 않다.
    (1) 나는 여러 가지 통증, 소화불량, 변비 등과 같은 신체적인 문제로 걱정하고 있다.
    (2) 나는 건강이 매우 염려되어서 다른 일을 생각하기 힘들다.
    (3) 나는 건강이 너무 염려되어서 다른 일은 아무것도 생각할 수가 없다.

21. (0) 나는 요즘 성(sex)에 대한 관심에 별다른 변화가 있는 것 같지
    는 않다.
  (1) 나는 전보다 성에 대한 관심이 줄었다.
  (2) 나는 전보다 성에 대한 관심이 상당히 줄었다.
  (3) 나는 성에 대한 관심을 완전히 잃었다.

이제 채점을 합니다. 자신이 고른 문장의 앞에 있는 숫자가 점수입니다. 그 점수를 합산해 아래 표에서 자신이 해당하는 영역을 찾으세요.

0~13점	우울하지 않은 상태입니다.
14~19점	가벼운 우울 상태. 가끔씩 여행이나 가벼운 운동 등 기분을 전환하려는 노력이 필요합니다.
20~28점	조금 심한 우울 상태. 이런 상태가 지속된다면 전문가를 찾아야 합니다.
29점 이상	우울증 상태. 지금 당장 전문가의 도움을 받아야 합니다.

작가 후기

2020년부터 쓰기 시작한 글을 책으로 묶는다. 처음엔 내가 살기 위해, 그다음엔 우울증을 앓고 있는 사람과 그들의 가족, 친구들에게 도움이 되기를 바라는 마음으로 쓴 글이다. 오랫동안 만성 우울증을 앓고 있는 나의 경험을 풀어놓았고, 잘 알려진 예술가나 역사 인물들이 겪은 우울증에 대해서도 이야기했다. 가능한 한 우울증에 대한 정보도 많이 제공하려 했다.

우울증은 개인의 손실이자 사회적 손실이다. 우울증을 앓는 사람은 자살로 생을 마감하기도 하고, 자살생존자들은 깊은 죄의식을 느끼며 자살자의 뒤를 따르기도 한다. 우울증은 결코 만만한 병이 아니다.

나는 살아남았다. 충동적인 자살을 하지 않기 위한 나만의 방법도 몇 가지 알게 되었다(이 글을 다 읽은 독자라면 그 방법을 알 수 있을 것이다). 한때는 죽기 위해 애를 쓰고 살았지만 이젠 살기 위해 애쓴다. 이 글을 쓰는 동안 소설을 쓰고 싶은 열정에 사로잡혔다. 그러니 어떻게 죽을 수 있겠는가. 열정은 그 어떤 감정보다 고귀하고, 나를 살맛나게 해준다.

우울증에서 한 걸음 벗어나면 어떻게 그런 죽음의 감정을 가질 수 있었는지 의아해진다. 마치 악몽을 꾼 듯하다. 하지만 꿈은 그저 꿈일 뿐이다. 가끔은 또다시 악몽을 꾸겠지만 이제는 꿈에서 깨어날 거라는 굳건한 믿음을 가지고 있다.

마지막으로, 자존감이 떨어지고 죄의식과 자책감으로 우울한 독자에게 응급처지와도 같은 책을 한 권 소개한다. 생각을 바꾸고 행동을 바꾸는 인지행동치료의 권위자 데이비드 번즈 박사가 쓴『필링 굿』이라는 책이다. 우울로 들어서 자존감이 낮아지고 알 수 없는 죄의식에 사로잡힐 때면 나는 이 책을 읽는다. 웬만한 심리상담가 보다 낫다. 성경과 불경 다음으로 의지하는 책이다.

아픈 엄마 밑에서 잘 커준 아들에게 고맙다. 그리고 전남편에게도. 그가 없었으면 난 소설가가 될 꿈도 꾸지 못했을 거다. 그가 정말 잘 살았으면 하고 바란다.

인생은 사는 게 아니라 살아내야 하는 것이다. 내가 살아내도록 도와주신 일산백병원 정신건강의학과 이승환 선생님께 감사드린다.

2022년 가을
차현숙

참고문헌

Kwame McKenzie, 『우울증』, 전우택 옮김, 아카데미아, 2005.

M. Sara Rosenthal, 『약 없이 우울증과 싸우는 50가지 방법』, 이훈진·남기숙·황성훈·이경희·김환 옮김, 학지사, 2007.

데이비드 번즈, 『필링 굿』, 차익종·이미옥 옮김, 아름드리미디어, 2011.

모건 스콧 펙, 『끝나지 않은 길』, 김창선 옮김, 소나무, 1988.

앤드루 솔로몬, 『한낮의 우울』, 민승남 옮김, 민음사, 2004.

윌리엄 스타이런, 『보이는 어둠』, 임옥희 옮김, 문학동네, 2002.

인제대학교 일산백병원, 『우울병 이겨내기』.

캐롤 하트, 『세로토닌의 비밀』, 최명희 옮김, 미다스북스, 2010.

나는 너무 오래
따뜻하지 않았다

초판 1쇄 인쇄 2022년 11월 7일
초판 1쇄 발행 2022년 11월 14일

지은이 차현숙
펴낸이 이수철
주   간 하지순
교   정 구경미
디자인 권석중
마케팅 안치환
관   리 전수연

펴낸곳 나무옆의자
출판등록 제396-2013-000037호
주소 (10449) 경기도 고양시 일산동구 호수로 358-39 동문타워1차 202호
전화 02) 790-6630 팩스 02) 718-5752
전자우편 namubench9@naver.com
페이스북 www.facebook.com/namubench9

© 차현숙, 2022

ISBN 979-11-6157-139-3 03810

* 이 책의 전부 또는 일부 내용을 재사용하려면
  사전에 저작권자와 도서출판 나무옆의자의 동의를 받아야 합니다.
* 잘못 만들어진 책은 구입하신 곳에서 바꾸어드립니다.